◆◆ 中国文学名家小小说精选丛书

最美的化妆

闫岩　著

江西高校出版社

JIANGXI UNIVERSITIES AND COLLEGES PRESS

南　昌

图书在版编目（CIP）数据

最美的化妆/闫岩著 . -- 南昌：江西高校出版社，
2025.6. --（中国文学名家小小说精选丛书）. -- ISBN
978-7-5762-5677-2

Ⅰ . I247.82

中国国家版本馆 CIP 数据核字第 2024L3A406 号

责 任 编 辑　付美玲
装 帧 设 计　夏梓郡

出 版 发 行　江西高校出版社
社　　　　址　江西省南昌市新建区工业二路 508 号
邮 政 编 码　330100
总 编 室 电 话　0791-88504319
销 售 电 话　0791-88505090
网　　　　址　www. juacp. com
印　　　　刷　鸿鹄（唐山）印务有限公司
经　　　　销　全国新华书店
开　　　　本　650 mm×920 mm　1/16
印　　　　张　13
字　　　　数　160 千字
版　　　　次　2025 年 6 月第 1 版
印　　　　次　2025 年 6 月第 1 次印刷
书　　　　号　ISBN 978-7-5762-5677-2
定　　　　价　58.00 元

赣版权登字 -07-2024-950

CONTENTS
目　录

◀ 乔迁之喜

又一天无声无息地消失在等待中。

他在路边空等了一天，沮丧地回到出租屋，饭也没心情做，没干活儿却显得疲惫不堪，没洗漱就倒在了床上，有种想哭的冲动。毕竟是个大男人，哭只能在心里哭，是不容苦涩从眼里淌出来的。

他在迷糊中听到电话响，没看清号码就接了，声音是老乡的。原来老乡接了个明天搬家的活儿，一天二百，刚又接了一个三百的活儿，问他去不去干这个二百的活儿，他要不去干就找别人干。他忙说："别找别人，我干。"生怕说慢了别人就把这活儿抢走了似的。

次日，他按时到了搬家的主家。家里只有女主人在，她让他先在沙发上坐会儿，说还要等两个人，她一共找了三个人来搬家。女主人说完就收拾客厅里的衣服去了，过了二十分钟，女主人的电话响了，另外两个人说有别的事情，来不了了。女主人愤怒地把衣服甩在包袱上说："今天不搬了。"这话像是跟自己说的，又像是跟沙发上坐着的他说的。

他怕这活儿真黄了，站起来说："不来没事，我自己也能搬，你放心，我一天时间给你搬完，你给我二百就行。"女主人看着他，有点为难地说："不行，你自己搬不了的，你看这么大的沙发，柜子还需要拆。"他坚定地说："我干得了，这沙发能有多重？"说着他上前竟然拎起了一组说："你看没多重。"女主还坚持说："算了，我还是给我哥打电话，让他找朋友来给我搬吧。"这下他真急了，情绪激动有些失控地说："我真搬得动，你别找人了，我三个孩子还等着交学费呢。"

女主人盯着他，脸上的愤怒渐渐变得温情，朝着他说："好吧，我帮着你干。干完以后，我给你三个人的钱。"他顿时兴奋地说："不用，你给我一个人的钱就行。你也不用帮我，我自己能干。"说完，他就开始行动。女主人突然问："你有车吗？"他反问："路程远吗？"女主人说："不算远，五公里左右。"他说："那没问题，我的电动三轮车电充得满满的，能跑十来个来回。"

女主人不再说什么，他们开始分工。他先往下搬沙发，一件件扛下去后，女主人柜子里的衣服也收拾完了。他开始动手拆柜子，这活儿他干过，不在话下。拆完柜子，他没往下搬柜子的木板，他对女主人说，把这些包袱装上先拉一趟吧，下一车拉柜子。

拉第三趟时，时间临近中午，女主人想请他吃点好的，他说吃碗拉面就挺好，把时间留着干活儿。于是女主人请他在外面吃了大碗的拉面，自己则吃了个小碗，还让老板在他的面里加了两个鸡蛋、一根火腿，而自己的碗里只加了一个鸡蛋。

吃完饭重回"战场"，他又拉了三趟，基本完活儿。女主人拿出 600 元递给他，说："师傅你辛苦了。"他拿了三张说："我要一个半人的钱吧，三轮车算半个人。"女主人强硬地说："不行，你干了三个人的活儿，必须给三个人的钱，快拿着！"他欣然接受了。临走时，他给女主人留下了电话号码，让她今后有需要帮忙的事就给他打电话，是不要钱的那种帮忙。

他刚转身，又想起什么，回头对女主人说："恭喜乔迁。"眼见太阳已斜挂在天边，大地一片金黄，他赶紧哼着小曲去银行给媳妇打钱了。

◀ 母亲的较量

她俩来自两个地方，因为在同一个地方工作而有缘相识。

她叫马会兰，今年 34 岁，是两个孩子的母亲。两个孩子一男一女，男孩儿 12 岁，女孩儿 7 岁。她的丈夫是一个货车司机，她当初在饭店打工时认识的他，而后与他相爱并结婚。婚后的生活先是简单而幸福，后来不幸找上门，丈夫车祸永远离开了她们。车主给了她十万算做补偿，十万能干什么呢，孩子们上学花头还大着呢，她狠心把两个孩子丢给公婆，到城里来挣钱了。

她叫朱小悦，今年也 34 岁，是一个孩子的母亲。同样是母亲，她和马会兰有所不同，马会兰的孩子是亲生的，她却不能生育，孩子是从人贩子手里买来的。孩子今年 10 岁，机灵可爱，是她的心尖。原本孩子也是丈夫的心尖，谁料丈夫意外犯错，有了更意外的收获。她活得倔强，过得认真，不想剥夺丈夫的幸福，潇洒地放了手。丈夫为她留下一套 50 平方米的单元房，她和孩子也算有个容身之处。

同病方能相怜，她俩在工作岗位和生活上互相帮助，在精神上互相鼓励，可以说是一对拆不散的好朋友。

她们在一个大商场的超市工作，超市的名字就叫"超级超市"，是城里最大的一家超市。超市里吃、穿、住、行、用应有尽有，也因此生意超级好，员工的工资超级高，几乎比别的超市高出一倍。她俩是这个超市开张时进来的，那时招工条件低，拿到现在，她们这个岁数，没文化没脸蛋也不会说普通话，想进来门儿都没有。

她俩站的是日化的柜台，一个卖化妆品，一个卖日需品。两个柜台距离近，平时这个人有事另一个也能抵挡得住，帮签个到什么的都不在话下。她俩有着相当的默契。还有更特殊的时候，马会兰家在乡下，离城远，回家看孩子走好几天时间，朱小悦也不会计较，每天替她签到，替她看柜台，还替她瞒着领导。马会兰也不想亏待朱小悦，总从老家带些土特产给她。当然马会兰回到城里有的是时间，她在城里没家，和别人合租房子住，总有时间补偿朱小悦替她上的班。

最近超市要实行大改革，她俩也猜不透怎么改革，怎么改她俩都无所谓，两个柜台两个人，还能怎么地，可能纪律会严一点吧。出乎意料的是，改革方案出来后，裁员便是其中的一项，她俩其中一个要下岗。领导知道她俩关系好，让她们自己商量。收到这个通知后，俩人第一次都默不作声了，各怀心事地站在自个的柜台前。两天后，领导催问谁下岗，她俩都不作声。领导又给了她们半天时间，如果再商量不好就全下岗。

下午快下班时，朱小悦去了卫生间，马会兰追了过去，马会兰堵在朱小悦方便的门口说："小悦，让我留下吧，我没了丈夫，需要养活两个孩子。"

一股委屈的泪水从朱小悦的眼里一涌而下，她从门里出来不满地回应："我也没了丈夫，我也需要养活孩子，我的房子还需要还贷款。"

"那你就一个孩子，在城里还有房子，怎么也比我强得多，你在别处就算挣得少也能过日子。"马会兰据理力争着。

"你孩子比我多不假，可你们农村有地种，还有国家补贴，就算没工作你和孩子也饿不着，我觉得你比我强多了。"朱小悦与她理直气壮地争论。

"你就让给我吧，就算可怜我了。"马会兰哭求着。

"我不是不可怜你，可你认为我不可怜吗？"朱小悦也在哭。

卫生间人来人往，她们却旁若无人地争论，哭诉，时间一分一秒地过去，直到下班的铃声响起，她们还是没有结果。

马会兰猛然失控了，冷不丁冲朱小悦喊了一声："你不让也得让，不让我就告诉你儿子他不是你亲生的。"喊完后，她哭着冲了出去。

朱小悦被这声喊叫惊的打了好几个寒战，最怕儿子知道他不是亲生的是她经常对马会兰说的悄悄话。朱小悦淌着泪水呆呆地在原地站了很久，她明白，她已经输了。但作为一个母亲，顷刻间她原谅了马会兰。

◂ 请老师吃顿饭

　　七中初二 7 班转来一名叫薛小涛的学生。薛小涛身着崭新耐克装束出现，一副土豪姿态。经多名同学探究，涛父是位房地产大老板。

　　土豪只能代表身份，代表不了成绩。一周后单元摸底测试，薛小涛仅得了 40 分，占最后一名。考卷发下去，涛父一再打电话邀请蔡老师吃顿饭沟通沟通孩子的学习问题。蔡老师推脱不掉，答应薛父去家吃顿便饭，时间定在周五晚上。

　　周五说到就到，蔡老师与薛小涛一起来到家中。薛家如蔡老师所料奢侈豪华金碧辉煌。还好薛家夫妻淳朴自然，没有丝毫的土豪之霸。这顿饭佳肴满桌，饭桌上薛家夫妻诚恳之至，一再强调他们做生意顾不得孩子，希望蔡老师能多关照。蔡老师讲，班里的每位学生都是他义不容辞的责任。

　　这顿饭后蔡老师发现他包里多了个大红包。讲真的，眼下的风气这事儿对教师来说不算个事儿，对土豪来说，1000 块还不够一顿饭钱。蔡老师把它当作私房钱放在了办公室的抽屉里。

吃人家嘴短，拿人家手短。吃了也拿了不能欠人家的。蔡老师开始给薛小涛补课。薛小涛聪明一点就透，成绩上升迅速。期末薛小涛竟考了全班第 20 名。蔡老师欣慰，涛父涛母欣喜，又再三邀请蔡老师吃顿饭。蔡老师照样拒绝不下赴了宴请。这次涛母回娘家涛父约他去饭店，自然也是高级饭店。饭桌上蔡老师夸小涛是个好苗子，涛父对蔡老师感恩戴德。回来后蔡老师包里又冒出来一个大红包。

学期结束，期末薛小涛考了全班第 5 名。涛父涛母心花怒放再次盛请蔡老师吃顿饭，时间定在周日。结果，周日还没到，薛小涛出了状况。薛小涛在周五放学时叫住了蔡老师说他有事儿，蔡老师把他带到办公室。薛小涛看起来有些怯惧，蔡老师很耐心地等他讲话。半晌他终于张口，蔡老师，我想转学。蔡老师惊诧地问，为什么？薛小涛的头徐徐抬起，蔡老师看到他目光悲切却又洪亮持重地说，我爸根本不是大老板，他其实只是一个卑微的农民工。他为了我能在城里上个好学校，找关系托门子花了很多钱，怕同学老师看不起我，为我买名牌服装。蔡老师你还记得第一次到我家吃饭吗？那不是我家，那是我爸为了伪装借来的包工头的家。那顿饭吃了我爸半个月的工资。后来我考了全班第五，他们又请你吃感恩饭，难道我的好成绩不是对老师的感恩吗？他们那么辛苦，节衣缩食却让我吃穿顶好的，还要为我把大把大把的钱花在请客送礼上。我很迷茫，无论我学习退步还是进步，他们都有理由请客送礼。蔡老师，我想再回村里上学，因为那里更适合我这个农村孩子。

薛小涛声泪俱下，蔡老师的愧疚之心已难以平复。但老师就是老师，他不露形色地拉过薛小涛的手说，小涛，蔡老师一直都在等你敞开心扉诉说这一切，因为蔡老师相信你是有胆识有魄力的好学生，蔡老师为你今天的勇气喝彩。蔡老师拉开抽屉拿出两个红包，小涛你看，红包都在这儿，作为人民教师，我必须有原则，我一直在等时机还给你们。小涛你说得对，你的成绩就是对老师对父母最大的感恩。小涛，今天你是蔡老师的骄傲，蔡老师相信将来你也会是我的骄傲。你已经用行动证实了自己是最棒的。薛小涛一时难以自控泪水溢出，他坚定地说，蔡老师，你也是我的骄傲，我一生的骄傲！

蔡老师再次从抽屉拿出几张表格说，今年的优秀贫困生补助马上开始申请，小涛你如果不够优秀，蔡老师不会给你开绿灯。薛小涛自信地答道，我不要蔡老师开绿灯，我会证明自己的优秀。

次日，蔡老师偷偷从工资卡上取了该取的钱放进抽屉的红包，放学后拿着红包跟小涛一起向他们租住的家走去。路上，蔡老师幽默地说，小涛，你考了这么好的成绩，我也占一小部分功劳，你必须请我在你家吃顿家常便饭。薛小涛说，没问题，我妈做的玉米饼子特好吃，还保证你减肥。师生俩默契地笑起来。至于钱的问题，老婆知道了会怎么样？蔡老师想，那只是内部矛盾，总有办法解决的。最重要的是，一个老师必须不能做得还不如一个学生。

◆ 傻子救人

　　凤朝在玻璃厂当维修工。上周一条旧生产线出现故障停产，这周他和几个同事一直检修。这天下班后，和同事们走出车间他才想起钥匙还在玻璃窑顶，那是维修时嫌碍事随手放那儿的忘了拿。他返身回到车间上了窑顶，那串钥匙好好地躺在那儿。窑顶长期受高温炙烤硅砖容易酥碎很危险，他走得很小心。可是再小心他还是出了差错，踩着一块小砖头，他身子顿时失控重重砸了下去，他只觉得身下一陷，整个人随着硅砖一起"咕咚咚"掉了下去。

　　厂区门口，依然如旧。警卫傻子挺着笔直的身子敬着礼站在门口，笑盈盈地对下班的工人说着你好。傻子是原厂长的儿子，是照顾进来的。现任厂长交代过，别把他当个正常人使，充个人数就行。几个警卫经常逗傻子：

　　"傻子，工人上下班你得跟警察一样站着给工人敬礼。"

　　"傻子，你见到工人得笑着说你好。"

傻子不知道这是逗他，每到上下班的点儿就直溜溜站在门口敬礼，见谁都说你好。工人们开始觉得好笑逗逗他，习惯了就不当回事儿了。

工人走完了小刘要关门，傻子说："别关，还有一个。"小郑说："别听他瞎说，傻不拉几的。"傻子顶嘴："我没瞎说，就是还有个人。"小郑说："傻子你下班吧，你妈等着你回家吃饭呢。"傻子不说话也不走，在椅子上坐了好半天，然后拿了把手电筒向厂区走。小刘叫他："傻子你们家不在那儿。"小郑说："你管不了他，他是傻子。"

傻子拿着手电筒在厂区四处乱照，最后来到了那条停产的车间。凤朝在窑里昏迷了一两分钟就醒过来了，他手脚都被砸得不能动弹了，喊叫了半天，根本没人会听到。窑炉里的余温有五六十度，烤得他呼吸都有些困难了。他知道他完了，这样的环境里他最多能坚持一个钟头。外面的手机响了又响，他明白那是家人打的。他想到父母和妻儿再也看不到他了，眼里流下了滚烫的泪水，他无奈地等待死亡。

可就在这时，他听到了外面的动静，是人走路的声音，他开始拼命大叫："谁呀，快来救我。"那个人听到了，正在通风口往里望。凤朝看到是傻子，凤朝心里一阵狂喜，颤抖着对傻子说："来顺你快叫人来救我，越快越好。"傻子一路狂跑叫来了小刘小郑。凤朝得救了。

过后小刘问傻子："傻子，你怎么知道凤朝掉窑里了？"傻子说："他每天叫我来顺，那天没叫。"小郑问："你喜欢听别人叫你来顺？"傻子不好意思地挠挠后脑勺说："来顺是我的名字，傻子不是名字，是叫傻子的。"

后来每天上下班，傻子还是直溜溜站在门口敬着礼见谁对谁说你好。可是再没有人喊他傻子了，都叫他来顺。来顺看起来比谁都幸福。

◀ 忠　诚

　　奶奶年纪大了，逐渐变得痴呆，为了方便照顾，我们终于说通她到城里来生活，还专门为她请了护工。可不到一个月时间，我们就换了三个护工，且三个护工都是因为同一个理由辞职的。奶奶不是不好伺候，而是不听话，谁敲门都给开，还经常趁护工不注意时把防盗门打开向外张望。

　　护工都害怕万一有坏人进家里来有个什么闪失担待不起，尽管我们和每一个护工都讲了很多好话，也和奶奶一次次灌输在城里不能随便开门的道理，可奶奶还是屡教不改，最终三个护工都走得义无反顾。

　　爸爸怕妈妈着急生气，一直解释奶奶是在农村生活习惯了的缘故，村里人淳朴，无论谁家出门都不关门，也不会出什么事。爸爸还对妈妈一遍遍地讲奶奶一个人把他带大，供他上学的不容易。

　　爸爸说人老了毛病多，希望妈妈多担待一些。妈妈虽在城里

最美的化妆

长大，也是个通情达理之人，叹口气后，该怎么做还怎么做，在请不到护工的情况下，请假在家里照顾奶奶。

奶奶也不是经常糊涂，在她不糊涂的时候很喜欢和我说话，我下班玩儿电脑她还会守在我身边默不作声地看着我打游戏。于是，我趁机给她讲在城里不能乱开门的道理。

奶奶说她知道，她不会随便开门的。我很兴奋，以为我的话起作用了，赶紧跑到爸妈面前炫功。妈妈说，奶奶清楚的时候对谁都说她知道，可糊涂起来时根本就不知道。

我们曾经带奶奶到市里的大医院检查过多次，也按医嘱让奶奶按时治疗吃药，却并没什么效果。

一次，我玩电脑游戏"血战上海滩"，奶奶看着我打鬼子，情绪很激动，竟然拿起拐杖在我的电脑屏幕上狠狠地敲了一棍子。幸亏她力气不大，电脑显示器才免受断命的灾难。

当时我也很激动，大喊一声，奶奶你想干吗？奶奶举起拐杖又要敲屏幕，还振振有词地说，我要打死那些日本鬼子。

我这才明白奶奶一激动又犯糊涂了，游戏让她还原到了战争年代，她可能又想到了死在战场上的爷爷。可见奶奶恨日本鬼子真是恨得咬牙切齿。

我把电脑关上后，安慰了奶奶一番，就把奶奶送到了她的卧室让她休息。可她却不肯躺下，又在她带来的箱子里不知道翻腾什么东西。不一会儿，我看见她翻出来一个老相册。

奶奶拿着相册翻开了第一页，还把我叫到跟前指着一张黑白照片对我说，这是你爷爷。照片是五寸的，已经发黄，但爷爷穿着军装的样子很帅气。奶奶盯着爷爷的照片看了好半天，絮絮叨叨地讲起了她和爷爷的故事。

奶奶说，爷爷那时候在部队当八路军。还是老家一带的地下党，她就在家当爷爷的联络员，在家乡一带搜集情报再传达给爷爷。奶奶说，她也想入党，可是爷爷不让，说是做党员太危险，但是共产党利用她提供的情报消灭了好多鬼子。

说起这些，奶奶很骄傲很自豪的样子。奶奶说，她虽然不是党员，但对党却像爷爷一样忠诚，从不干出卖党的事。

奶奶还说，那时候爷爷像只猴子一样，不知什么时候就会出现在她身后，能把她吓一跳。所以，她总是喜欢开门看外面有没有爷爷的身影，她期盼爷爷能经常回来看她……

听了奶奶讲了她和爷爷的故事，我很感动。原以为奶奶只是一个农村妇女，什么都不懂，没想到她竟然也有着如此不平凡的经历，不仅和爷爷有着深厚的感情，还为党做过这么大的贡献。

那次，妈妈说她有事，让我在家照顾奶奶。偏偏这时奶奶又犯糊涂了，不时地去开门在门口张望，口中还胡乱唠叨着：怎么这么久了也看不到人，不会出什么事了吧？

我想，奶奶有可能又穿越到了战争年代，她在等爷爷回来呢。于是，我没急于拉她回来，而是问，奶奶，你又在等爷爷吧。奶奶点点头说，是呀，你爷爷都好几个月不回家了，是不是被日本鬼子打死了？

我笑着对她说，不会的奶奶，你快关上门吧，爷爷回来会敲门的。咱家里藏着共产党的重要情报，万一让鬼子看到了那可不得了。

　　奶奶一听，果然赶紧关上了防盗门，还唠叨着，对呀，我怎么忘了，屋子里藏着情报呢，我不能开门，亏得你提醒我。奶奶怕门没关牢，又推了一下才放心地回到了沙发上。

　　从那天起，奶奶再也不乱开门了，当她犯糊涂时总是自己唠叨：我不能开门，屋子里藏着共产党的情报，我不能开门，不能……

◀ 扎眼的星

伏天，太阳炙烤着大地，气温40度，心情被烤煳了，碎碎渣渣的。好不容易熬到周末，背包里随意装了点行李，跟好友小梁进了山。

小梁的老家叫董家庄，政府重点保护的古村落之一。董家庄的古房都是石头盖的，参天古槐也很多，空气干净清凉，人也舒畅了许多。所以尽管小梁在城里已有了房子，父母还是执拗地住在山里。

晚上却出了点意外。本来我的目的是到山里图清静的，驱散那些被太阳烧坏在心里的碎碎渣渣的，没想到山里并没有让人心静，却格外地热闹。吃过晚饭，小梁的父母出去了，我和小梁坐在院中准备看星星。小梁说过，山里的星星亮得可以扎坏你的眼睛，我已经做好了被星星扎坏眼睛的准备。我很想冲天空大吼一声，星星啊，全出来呀，快出来呀，快出来扎坏我的眼睛啊。我终究没有吼出来，这样会让小梁的乡亲们认为小梁带回来的不是好友，而是一个神经病。可是我不吼却有人吼了，吼着唱歌，有男的有女的，有老的有少的，有声调粗犷的，有声调纤细的，有好听一点的，更有特别难听的。但不管是什么样的人，也不管是什么样的声调，几乎不是唱出来的，都是吼出来的。高音喇叭真是质量好极了，震得我脆弱的耳膜都想外鼓。

小梁知道我来的目的，有点不好意思地说，可能是村民们闲着没事儿自娱自乐呢，我们到屋里吧。屋里还好，电扇都不用吹，窗户一开自然风凉爽通透，要是没有村民们的歌吼这个晚上应该是很美很值得炫耀的一个夜晚！

小梁和我聊天，问我"真情故事"栏目怎么还不开播？我说，找不到好素材拍不出亮点，心里没谱。既然这样，小梁和我聊起了旅游，这也是我们共同的爱好。我们从天南聊到海北，一聊就没完没了。后来我们聊到青海湖的敦煌大环线，正商量着抽个时间去游一回。小梁突然侧耳对我说，你听你听，我父亲在唱歌。小梁又兴奋地说，我都三十年没听到父亲唱歌了，还是小时候他经常对我唱这首歌，众人划桨开大船。我远远没有小梁兴奋，因为他不是我的父亲，因为他父亲唱的歌确实不是很动听，也是在吼。我却得有礼貌，我说，老人家开心就好。大概小梁一直陶醉在父亲的歌声里或者激起了对童年的回忆，一时间沉默起来。小梁的父亲唱完了，村民们自娱自乐的节目也结束了，村里马上恢复了之前的安静。

接着，有开门的声音，小梁的父母回来了。小梁说，我出去一下。我知道，小梁的激动心情还没过去。我听到小梁说，爸，我听到你唱歌了。小梁的父亲很尴尬，说，唱不好，但只要能治那孩子的病，我就吼着唱。小梁问，哪个孩子？什么病？小梁的母亲叹了下气说，你丙良叔叔家那个小栓子，得了抑郁症。小梁问，小栓子不是去年刚考上大学吗？小梁的母亲说得很伤感，是呀，可是得了这病连学都不能上了，你丙良叔带着他到北京到天津到上海的，钱花光了也没看好。小梁的父亲接着说，小栓子从小爱听歌，一听歌就高兴，你丙良叔就买了个大音箱还有无线话筒，天天在门口给小栓子开演唱会，期盼着小栓子早点好起来。小梁的母亲又把话头抢过来说，开始大家都是当稀罕看，只有你丙良叔自己唱，后来不知怎么的大家都掺和进去了，每天都有人去唱，还比赛呢，大家每天自愿凑钱买一捆啤酒，谁要是能把小栓子唱笑谁就能得到一瓶啤酒，你看，今天你爸就把小栓子唱笑了，我们就得了一瓶啤酒，天热，你拿去给你朋友喝了吧。

听完院儿里的话，突然，我眼前一亮，不知被天上的哪颗星星扎了一下眼睛，瞬间这束光带着巨大的能量把我心里那些碎碎渣渣的东西融化开来，然后慢慢地拼凑到了一起。

最美的化妆

◀ 照片里的岁月

新房翻盖好了，父亲和女儿忙着往屋里捯饬东西，农家的日子，东西总很多很杂，没什么值钱的，但一件一件，都不舍得扔也不舍得换。母亲腿脚不好，坐院中抱着那个长形相框擦来擦去。女儿看了一眼母亲，若有所思而又小心翼翼地对父亲说："爹，要不——我给你弄一幅字画挂在门厅那儿吧。"

"挂什么字画，我不稀罕，我就稀罕毛主席。"父亲吼了一声。

紧接着，母亲低头抽泣起来，哽咽着说："都怨我，要是我不用手擦相片也不会把相片弄成这个样子。"

女儿真后悔对父亲说了那句触动了两位老人"伤疤"的话，顿时，三岁时的那场坍塌又模模糊糊浮现到了眼前——屋外电闪雷鸣，大雨倾盆，屋内到处漏雨，身怀六甲的母亲在炕上倒腾着被褥，她听从母亲的吩咐去拿盆接滴到炕上的雨水，正当她把一只盆子递给母亲时，"轰隆"一声，门厅那个地方突然倒塌，她吓得躲到母亲怀里"哇哇"大哭起来，母亲惊恐地搂着她，她感觉到母亲浑身都在颤抖……"哗啦啦，哗啦啦"，散落的泥沙一直都在往下掉，母亲的泪水也一滴一滴掉在了她的脸上。后来，当泥沙终于不再往下掉时，母亲放开了她，跪在倒塌的地方一边哭一边用双手挖那堆泥沙。母亲挖啊挖，疯了一样地挖，不知挖了多久，双手都挖破了，鲜血和泥水混在了一起，最后终于挖出来一个被砸坏了的相框，但相框内的照片已被泥沙糊住了，母亲小心地把照片从破碎的相框里拿出来，伸手轻轻地往照片上一擦，悲惨的事情发生了，那张照片被擦坏了……看着被自己擦坏的照片，母亲瞬间"号啕大哭"，不谙世事的她看到母亲伤心的样子，也跟着大哭。雷声、雨声和她们娘俩的哭声汇聚成了她内心最深刻的记忆。父亲回来后，母亲痛苦地埋怨自己擦坏了照片，她也哭着对父亲说，爹，不怨娘，娘的手就是挖照片挖破的。父亲抱起她在她脸蛋上亲了一口，又安慰母亲说，不打紧的，别哭了，你们娘俩安全这是最紧要的，这是天灾，毛主席他们不会怪咱们的……父亲说着，眼里却也掉下了浑浊的眼泪。

那次房屋倒塌后，父亲又翻盖起了几间土坯房，那张"斑驳"的照片被装进了一个新相框又挂在了门厅的墙上。后来，女儿渐渐地长大，终于弄懂了那张照片对于父亲的意义——照片是 1964 年 7 月 23 日在北京人民大会堂拍下的，那时的父亲年仅 23 岁，是中国人民解放军原空军地空导弹部队二营的一名导弹标图员，两次参与击落美国 U-2 侦察机。尤其 1963 年 11 月的第二次，在狡猾的敌人研制出对付地空导弹的电子预警装置的难题下，他们还是成功了。这个消息震惊了全国，中央军委、国防部授予了他

最
美
的
化
妆

们个人一等功，二营全体官兵集体一等功。二营由此也被授予"英雄营"荣誉称号。毛泽东、周恩来等党和国家领导人在人民大会堂接见了二营全体官兵，并合影留念。

你说，它怎么能不珍贵呢！

可是，必定在新房的门厅上挂一张时代太旧并且已"斑驳不已"的照片看起来不太和谐，她这才试着说要换张字画装饰一下新房，却无意在父母的"伤疤"上撒了一把盐。

看着父亲凝重的脸，又看看低头抽泣的母亲，她难过不已，往昔的岁月又禁不住涌上心头——1965年2月父亲退伍还乡，因为在退役前保密干事对他宣布，任何情况下都不能泄露军事机密，所以他瞒着家人把立功证书藏在了箱底，成家后也没对枕边妻透露过半句部队上的秘密，至于儿女更是一无所知。在妻子儿女心里，父亲除了是个退伍兵，除了拥有那张珍贵照片，跟别的村民没什么区别。记忆中，父亲是有机会把日子过得再好一点的。记得某天有位叔叔来找过父亲，意思是想和父亲共同做一笔挣钱很多的生意，可不知怎么的，听那位叔叔说做的生意还要去违背一些原则，父亲气得和那位叔叔吵了起来，还把人家赶出了家门，她清晰地记得那位叔叔在门口还在生气地指责父亲："小吴，你这个胆小鬼，窝囊废，你活该受穷吧。"那位叔叔走后，父亲在门厅的桌前望着墙上的照片站了很久很久……

往事如烟，一晃这已是陈年旧事，可是无论怎样，一些旧事都铭刻在了父母的心里。2002年的时候，父亲在一本杂志上看到了一位老战友讲述了当年击落美国U-2侦察机的战斗经过，他才知道国家的机密已经公开了，当父亲把压在箱底的一堆证书摆到他们眼前时，他们顿时对父亲肃然起敬，父亲——他不是胆小鬼，不是窝囊废，他是一个真真正正的英雄！一时，各个媒体的记者都涌进他们的家中对父亲进行采访，父亲脸上洋溢着自豪感，仿佛又回到了那段金戈铁马的青春岁月……

2019年建国70周年，父亲被邀请参加国庆大阅兵，他们全家都坐在电视前看直播，当他们看到父亲站在满载英雄的汽车上向全国人民致敬时，他们个个都泪流满面。

安置好屋里杂杂碎碎的东西，女儿到水管下冲了把被回忆盈满泪痕的脸，擦干手，从母亲手里接过那幅相框，重新挂在了门厅最显眼的位置。这时，父亲也洗净了脸和手，去屋里换上了那身军装，神情严肃地走过来，站在照片跟前，郑重地对着照片敬了一个军礼。

◀ 卖桃子的小庄

　　三十多年前，小庄家承包了二十亩地，承包期五十年，地里种上了桃树。那时小庄才八岁，也像一棵小树苗。小树苗该浇水了，该施肥了，该打药了，该剪枝了，父母都会按照程序依次去做这些事。慢慢地，小树苗长成了小树又长成了大树，开花了，结桃了，并且结的桃子一年比一年多。这些桃子挣到的钱一部分用来继续管理这些桃树，一部分存起来供小庄上学。小庄小时顽皮淘气，经常做一些令父母生气的事儿，不好好写作业啦，和别人打架啦，偷别人家的东西啦，他的父母一点都不惯着他，该骂就骂，该打就打，特别是在偷东西这件事上，打得那才叫狠，一边打一边喊，你要再偷以后就给你改个名字叫小偷，让人人都知道你是小偷。小庄吓坏了，以后再也不敢偷东西了。就像管理小树一样，父母对他也得浇水、施肥、打药、剪枝，正因为这样，小庄才有了出息，他考上了好的大学，还上了研究生，最后留校当了大学老师。

　　小庄不但教课还写论文，论文多次获奖，赚到了不少奖金。

后来小庄又出了书，一本接一本地出，又赚到了不少钱。小庄在省城娶了老婆，老婆也是大学里的老师。小庄刚结婚的那两年经济还紧张一些，后来挣的钱多了，不紧张了，在省城买了房子，再有了钱，在房子的附近又买了一套房子，他们准备把父母接过来享福。

父母来过省城，那是小庄老婆刚生了孩子那会儿。父母一块来的，父亲才住了三天就吵吵着要回去，他想他的桃树，想他村里的老友，怎么挽留都留不住，小庄只好给他买了火车票把父亲送走了。母亲不能走，她得伺候儿媳坐月子，伺候完月子又要看孙子，她在省城住了两年多，一直到孙子上了幼儿园才回乡下去。这两年多当中，小庄的母亲也回过几次家，她放心不下小庄的父亲，放心不下那二十亩桃树。过年的时候小庄把父亲接到省城，父亲也只住三天就非回去不可。孙子上了学后，父母就很少来省城了，小庄每年春节带着老婆孩子回去住几天，老婆孩子不习惯农村的生活，村里既冷又不方便，住几天也吵着要回去，小庄也只好跟着老婆孩子回省城。

小庄买了第二套房子后做工作要父母别再种那桃树了，到城里来享福吧。小庄的父亲不高兴地说，怎么？你以为在城里住楼房就是享福？我认为不是，我认为守着我的桃树就是享福，这些桃树就像我的老伙计，我说的话它们都听得懂，它们说的话我也听得懂，可你们说的那些话，我听不懂，我不去，让我去城里住，不如让我去死。母亲也说，不习惯那种生活，觉得还是家里好。

小庄不再劝父母了，而是每个暑假回来帮父母卖桃子。小庄开着豪车回来，把豪车停在桃园的一角，然后开着三马子跟父亲有时跟母亲一起去串村串巷去卖桃子。小庄不吆喝，他用普通话录了一段卖桃子的吆喝声在大喇叭上放，三马子一停，把大喇叭的开关一开，大喇叭就开始吆喝了，一遍又一遍，村里人听着声音就来了。有人问，这吆喝声是找的电视里的播音员吗，这么好听。小庄的母亲指着儿子自豪地说，哪儿呀，是我儿子，就是他，我儿子是省城大学里的教授。大家不相信地看了看小庄，笑了笑，就开始捡桃子，好像只是听到了一句玩笑话。

外村人不相信小庄真是教授，本村人可都知道，看着小庄暑假里又开着豪车回来帮父母卖桃子，就有人问他，小庄，你这是图个啥？小庄拽起衣角擦拭着汗珠说，我啥也不图，父母种的桃子总要卖出去，我帮父母卖桃子不很正常吗？人们想想也是，人再出息也是父母的孩子，父母把孩子养育大了，出息了，孩子回来帮父母干活，这也是天经地义的。渐渐地，就没有人再问小庄图个啥了，到了暑假，都觉得小庄该回来帮父母卖桃子了。

卖完桃子，小庄晒得黑黑的，开上豪车就往省城走了。他的父母看着远去的儿子，都把脸笑成了一朵花。

◀ 撞倒了爷爷

天气很热，一个老人睡不着独自去外面溜达。一所高级中学就建在附近，老人出来时正是学生晚自习放学时间，学生们如脱缰的野马，匆匆忙忙，冒里冒失地往家赶。

老人知道这些学生的年轻冒失，很规矩很小心地走在路的左侧，可还是没有躲过灾难，他的腰突然被自行车狠狠地撞了一下，身子晃了几晃还是不能支撑地倒了下去。这个撞着人的孩子吓坏了，把自行车扔到路边就过来拉老人，还急得叫着"爷爷爷爷"。老人感觉头重脚轻很难受，对孩子说："快叫个出租车送爷爷去医院。"孩子在路边慌张地拦了辆车把老人送到了医院。

老人被送进急救室，孩子哭着给自己的家长打了电话，把过程简单地说了一遍。过了一会儿，孩子的家长急急匆匆赶来了，妈妈看着儿子吓成那个样子，心疼至极地把儿子搂在怀里说："没事了宝贝，爸爸留下处理事情，我们先回家去。"孩子已经六神无主，就机械地跟着妈妈回家了。

回家后，妈妈问孩子："说实话孩子，到底是你撞的还是老人碰瓷？"孩子摇着头说："不是碰瓷，就是我撞的，我走得太急了没看见爷爷在路边走。"

妈妈说了句知道了，然后让儿子去睡了。孩子睡不好，一直等着爸爸回来说情况。后来听到爸爸终于回来了，他跑出屋着急地问："爷爷怎么样了？找到他的家人了没？"

爸爸笑着摸了摸儿子的头说："爷爷也已经没事了，也找到他家人了，撞倒诱发心脏病，已经度过了危险，明天就出院了，放心去睡吧。"

儿子一听这消息，安心地去睡了。可这一晚，两口子却开始忙乎。他们都在政府工作，有点小势力，又是找人看监控消证据，又是找人商量该怎么着才能让孩子逃脱责任。

第二天孩子上学后两口子赶到了医院，他们相信自己的本事，相信事情会像他们想象的那样发展。没有料到的是，老人却在昨晚已经与世长辞了，原因的确是被撞倒诱发心脏病死去。老人死了已经没了活口，两口子倒心安了，心里暗暗高兴。他们找到老人的女儿说："老人去世了，我们也非常难过，可事情谁是谁非现在也说不清了，但逝者为大，我们不辩解，你开个价吧，只要不过分，我们愿意承担一部分责任。"

老人的女儿已经哭得眼睛红肿，她哽咽着对他们说："我父亲临终前向我交代过，不能要你们一分钱的赔偿，他说人总是要死的，早死晚死的事儿，早死早托生。不过父亲要求你们一定答应他一个要求。"

"什么要求？"两口子异口同声地问。

"父亲让你们千万不要告诉你们的孩子他死了，就说他已经好了，好得不得了。他说孩子还小，不能让孩子留下任何的心理阴影，因为孩子未来的路还很长……"

两口子听了老人的终言，呆呆地站在那里，顿时愧疚的真想找个地缝钻进去。

◀ 走错路的录取通知书

砰砰砰，敲门声打断了李院长对棘手案件的思路。

请进？李院说。

来的是门岗小田，他恭敬地递上一份快递问，李院长，你看是你的不？

李院长接过来一看，民生东路 32 号李吉祥收，民生东路 32 号就是中级人民法院的地址，名字也是他的名字，至于电话错了，那应该是写错了，以前也发生过类似的事情。

是我的，辛苦你了小田，李院长笑着说。

小田说着"不客气"便转身走了。

李院长打开了快递，这一打开，他蒙了，竟然是一份写有他名字的大学录取通知书。

毫无疑问，快递出了错。

李院长马上打电话找门岗小田，小田三步并作两步到了李院长的办公室。当他听到这是一封送错的快递时，他也慌了神，不知道该怎么办，他建议把快递退给快递公司。

李院长想了想说，你走吧，别管了，这件事由我处理吧。

看小田走了，李院长便和宣传科的王主任通电话，让他尽快查一下哪所学校有叫李吉祥的学生。李院长一夜没睡踏实，次日一上班就追问王主任找到了没有。王主任说他正在查。下午两点半，王主任终于查到了，市第二十三中学确实有一个叫李吉祥的女学生，他还找到了女学生的班主任路老师。路老师解释了通知书为什么会送到法院，因为通知书的地址上少写了一个地方的名称，应该是民生东路北汪庄 32 号。北汪庄是个城中村，和法院在一条路上。

竟然有这么巧的事，真是缘分。李院长对路老师说，把通知书送到孩子手上后一定给他说一声。

一天，两天，三天，四天，直到第五天路老师才打电话说通知书送到了。

路老师告诉李院长，原来北汪庄并不是李吉祥的家，而是她一个老乡的家，电话号码也是这个老乡的，人家早已经不用了。最近北汪庄要拆迁，这个老乡搬家了，她找了好几天才找到，找到后这个老乡并不知道李吉祥的具体住址，说让她到紫金山公园里找找，原先她爷爷在那里打扫厕所。她去公园找了两天才终于找见一个打扫厕所的老头，一问，真是李吉祥的爷爷，才把通知书给了他。

听到这一波三折的寻找路，李院长禁不住揪心地问，那孩子呢？你没见到？

路老师叹息一声说，我很自责，因为李吉祥这个孩子沉稳、安静、学习也稳定，所以我从来没有去了解过她的身世。现在才知道，这孩子，活得真是比黄连还苦，她现在在一个工地上给民工做饭，正拼命地挣学费呢，连个手机都没有。她是爷爷捡来的孩子，爷爷是山里人，在这个城市打扫了几十年厕所，她就跟着爷爷住在厕所旁边的小屋长大。爷爷为了不让同学们看不起她，上学时写了北汪庄那个老乡的住址和电话，报志愿也没地址可写，总不能写公园厕所吧，就又写了老乡的地址和电话，他爷爷昨天下午去了北汪庄拿通知书才知道老乡搬家了，他在人家门口等了一天的邮递员，没等上，准备今天还去等呢……

路老师的声音渐渐地接近哽咽，她说，她正准备动员学校的所有老师为李吉祥同学捐学费。李院长听完路老师的话，眼里也已潮湿一片，他诚恳地对路老师说，路老师你放心，既然和这孩子这么有缘，我也不能不管，我这就去看孩子的爷爷，告诉他这孩子四年大学的费用我来管，地址也不用再换了，就写民生东路32号李吉祥收，我保证她一定能够收到的……

◀ 黑罐子红罐子

他们俩恋爱时并没觉得性格有多少差异，你敬我爱亲密无间，结婚后才知道，他们是性格截然不同的两个人。男人外表深沉，脾气却暴躁，动不动就摔东西，有时还动手打她。而女方看起来外向，嘴不饶人，内心却脆弱，总爱哭。

男人其实也不是心眼有多坏，就是控制不了自己的情绪，出手打了她马上就后悔。一次，两人在被窝里亲热后，女人躺在男人怀里说，我要准备一个黑罐子，一个红罐子，以后你对我好一次，我就把你的好写在纸条上，放在红罐子里，如果你对我坏，我就把你的坏也写在纸条上，放在黑罐子里，我们死后到阎王爷那里算总账。男人愧疚不已地说，这办法确实不错，你就把两个罐子都放在桌子上，让我时时看到它们，对我也是一种监督。

果真，自摆上黑罐子红罐子后，男人的脾气好了许多，但有句老话叫生就的骨头长就的肉，想彻底改变是很难的，所以，战争还会不时地爆发。爆发后，男人眼睁睁地看着女人把他的坏写在纸条上放进黑罐子里。这时，那个黑罐子就像阎王爷的眼睛一样注视着他，让他羞愧难当。

一晃，孩子们长大了，也知道了两个罐子的故事，有时在他们背后会说笑一番，觉得两位老人挺逗的，像小孩一样。

再转眼，他们都老了，吵不动也打不动了。可是，女人却得了重病，治也没治好，撇下他先走了。葬了她，男人立即感到了失去她的那份落寞。

男人想到了那两个罐子，他想知道这一辈子到底对女人有多少好多少坏，死了也好给阎王爷有个交代。他颤巍巍走到桌前，拿起黑罐子，想先看看他做过的坏事，黑罐子的盖被他打开又盖上，他想，还是先看看他做过的好事，于是又打开红罐子，他的手刚要进去抓纸条又缩了回来，他觉得还是先看看坏事，这样先坏后好会让他容易接受。于是他盖好红罐子，觉得自己还是应该先看黑罐子，打开黑罐子又觉得自己应该先看红罐子。就这样，他盖来盖去总有百十个回合，才终究先拿出了红罐子的纸条。

他拿出红罐子里最上面的一张纸条，那上面写着：你为我买了一条围巾让我感到特别温暖。读着纸条，他心里也温暖无比，心想，如果你活着，我会给你买更多的围巾。他又拿出第二张纸条，上面写着：你帮助我收拾屋子，让我觉得你非常爱我，我非常有幸福感。他想到平时自己很懒，不喜欢做家务，内疚得眼泪都要掉下来了。纸条让他一段段地幸福而又伤感地回忆着，当他读完的时候，泪水已经把衣襟湿了一大片。

黑罐子的盖打开了，他从里面拿出一张字条没有立即打开，而是想象着字条上应该是他做的哪一件坏事，他想，一定是他打她的那件。他闭着眼睛打开纸条，又慢慢睁开眼，结果他发现，纸条上写的是：我只想记着你的好。他再拿出一张纸，仍是这句话。他再拿，还是这句话，他又拿，依旧是这句话，结果，每张纸条上都在重复着这句话。

他终究忍不住，抱着黑罐子不管不顾地大哭起来。

◀ "农村博物馆"诞生记

　　赵大爷是有钱人，他的儿子在省城搞房地产生意，虽然不经常回家，却从来没断过父亲的钱，一放就是一两万。所以赵大爷在村里算是有钱人。

　　进入腊月中旬，家家户户都在忙，一片繁荣忙碌的美丽乡村景象。偏偏赵大爷忙得和大家不一样，从腊月开始他就串门串户收购一些家里淘汰的玩意儿，过时的旧镰刀旧镢头，不用的擀面杖捣蒜锤等，而且还出大价钱。

　　这天，赵大爷到了李四家，李四媳妇秀兰看到他心里一乐，随手从鸡窝里拿起一个喂鸡的小铁盆说："大叔，你看我这个古董值多少钱？"赵大爷认真地看了半天，又往鸡窝里观察了一下说："你这个小铁盆不是古董，那半个小碗才是古董，我要那个，你要多少钱？"

　　秀兰心里一嘀咕："这个傻老头，铁还算个金属，半块破瓷碗扔到大街上人们还嫌扎脚，既然他当宝贝我就给他说个宝贝价。"

　　"你给五块钱吧。"秀兰说。

赵大爷掏出五块钱给了秀兰，秀兰一阵后悔，心想，我给他要十块就好了，又一想，一个好碗才值两块，这也值了。赵大爷拿起半块破瓷碗举起来端详了半天，激动不已，还汪了一眼的泪。看着赵大爷，秀兰更加相信赵大爷是真的有精神病了。

儿子听他的一个同学说了父亲收"古董"的事，根本不相信，回来一看，果真有许多破东西，他气愤地责怪父亲："爹，你脑子真出问题了吗，把那些破玩意儿当古董？"

赵大爷也气愤地回："你脑子才出问题，明明是古董你却说是破玩意儿，你认真仔细地看就知道它是古董了。"

儿子真仔细看了一番，还把自己的儿子也叫来看，小家伙故作深沉地说："老爸，不用看了，我断定爷爷的脑子出了问题，赶紧送精神病医院吧。"他心里想："反正已经这样了，父亲以前做了什么就做了什么吧，钱不是大事，观察他以后的行动，如果真是反常，过了年就去住院治疗。"

一晃就到了年根，赵大爷被接到省城去过年，可才过了初四，他就吵着要回去，还要给儿子要十万块钱，说是回家要做一件顶天立地的大事儿。

儿子立刻想到他收购"古董"的事儿，不安地问："爹，你是想回去还收购古董吗？"

赵大爷点头又摇头，然后说："是，也不是。"

儿子是直性子，生气地说："不给，我没钱供你瞎闹，我娘死得早，你养我不容易我明白，要真是正经事儿需要钱，不用说十万，就是一百万我也拿，要是干没意义的事儿，我不给。"

赵大爷竟然红了眼眶，他用手抹了一下眼睛，意味深长地说："我是干有意义的事儿，我想在村里建一个农村博物馆。"

"啥？建农村博物馆？"

儿子一家人几乎都瞪大了双眼。儿子不解地说："爹，农村有什么博物啊，就是你收那几个破烂东西，盆盆罐罐镰刀镢头的，那大不了就是个旧物件，没有一点实际意义，再说了，在农村建什么馆那是村干部们考虑的事儿，你一个快八十岁的老爷子了，你操这份闲心干嘛。你要是真闲得慌就去打打麻将，光输也行，给人家天天送俩钱，只要你老人家高兴我就支持。"

赵大爷听完儿子的话，沉默了一下，又看了看孙子，凝聚出一副严肃的面孔，像是一位久经战场的将军，饱含风雨的神情说："孩子啊，我为什么要去收购那些古董呢，我为什么想建立一个博物馆呢，我现在就告诉你为什么。还记得你小时候吗，你娘离开了我们，我这当爹的没有奶，你是吃谁的奶是吃谁的饭长大的，你喝的是百家奶吃的是百家饭啊，那个被李四媳妇放在鸡窝里喂鸡的半块瓷碗，我一看就是当年你李奶奶经常端着喂你们吃饭的碗，你想想，那个碗真抵不上一件古董吗，我觉得它比古董还值钱，古董是用钱可以买来的，你的命那是用钱能买的吗？"

"不能，爷爷，听我们老师讲过，穷的时候什么也没有，有钱也买不到吃的。"孙子抢着话说。

赵大爷满意地点着头继续说："不用说李四媳妇才要了五块，就是她要五百我也给她。还有从张三家买来的那把镢头，当年没吃的，我到外面挖洋姜，挖不动怎么办，咱们家里又没有镢头，我就从张三家借了他家的镢头，难道那镢头不是救命镢头吗，我花五十块买下不值吗？"

"太值了爷爷，那就是救命镢头，爷爷你做得对，我支持你。"孙子又抢过了话说。

这时，儿子已羞愧地低下了头，父亲继续着他的演说："现在你出息了，可你不能忘本啊，没有父老乡亲你早就饿死了，哪有你的今天？还有乡亲们，现在的日子富裕了，国家出台了好政策，种田有补助，看病能报销，农村的环境一天比一天好，可有些年轻人忘本，想着一伸手国家就给钱，不想劳动，成天说着风凉话转来转去，我看着就来气，我就想盖几间大房子，把我收购来的这些东西陈列在里面，当成我们农村的博物馆，让那些年轻人隔三岔五地去看看，让他们看着这些物件想一想过去的日子，那是来之不易啊，一定要珍惜的……"

赵大爷讲完他的心里话一口气喝了一大杯酒，对儿子说了句："给不给你看着办。"

"给，你要住到过了元宵节再走我就给。"儿子讨好地说。

正月十六，赵大爷被儿子送了回来，儿子对他说："爹你要十万我给你二十万，你可着劲儿花，盖房子不够了我再拿，'博物'不够你再去收，我全力支持。"

赵大爷满脸的皱纹幸福地开着花。半年后，赵大爷投资建设的"农村博物馆"顺利诞生了，那一天全村热闹非凡，不仅赵大爷的全家都在，整个乡的人都来看稀罕，大炮车"噼里啪啦"响了一整天。

◀ 天使的翅膀

他一生下来就给了父母当头一棒，他是个脑瘫儿。虽然这样，父母还是把他精心地养育着，把所有的爱都给了他。他3岁才开始学说话，6岁才能勉强走路。6年来，他是父母的唯一。

6年后，父母又生了一个健康的妹妹。妹妹很乖巧聪明，也能和哥哥和平相处。妹妹两岁的时候，父母把她送到了幼儿园，幼儿园的小朋友们非常喜欢她，说她长得像个小明星，可是当有一天班里一个小朋友到她家玩儿时发现了她家的秘密，原来她还有一个不健康的哥哥。第二天，全班的小朋友都知道了这件事，都开始笑话她有一个傻哥哥。她放学回家后又哭又闹，还用小拳头打着哥哥的脊梁，说小朋友就是因为这个傻哥哥都不喜欢她了。哥哥动也不动，他知道妹妹一定是受了委屈才这样的。妈妈看到这种情景把妹妹抱了起来，给她做着解释。妈妈说："哥哥是人间的天命，只是被坏人打断了翅膀，于是到人间来寻找他的翅膀，你是就她寻找到的翅膀，他必须依靠你才能飞起来，才能继续做他的天使，你能帮助哥哥吗？"妹妹似懂非懂地听着妈妈的话，问妈妈怎么才能帮哥哥飞起来？妈妈说："从今天起你就要做哥哥的老师，把你每天所学到的东西都教给哥哥，只要你有耐心地教，他慢慢就会飞起来的。"

从此，妹妹真的每天都把自己在幼儿园学的东西教给哥哥，哥哥学得很吃力，但是很高兴。一段时间后，他竟然也学会了几首儿歌。听着哥哥能够唱出她教的儿歌，妹妹自豪极了，以后的日子更加努力地教哥哥。哥哥似乎越来越聪明，有时候还能和妹妹共同完成作业呢。

妹妹就要上小学了，她竟然向父母提出了一个要求，她说哥哥不是傻孩子，哥哥也能上学，她要求哥哥和她一起去上学。父母很为难，她就拽着妈妈到学校里找校长，校长被这个小女孩的真情所感动，就答应了她们，把哥哥和她安排在同一个班，同一个课桌。每天，妹妹和哥哥一起上学一起学习一起回家，尽管家距学校的路只有几十米，他们却要走上好半天，但是他们却一路说说笑笑，快乐无比。

小学毕业的时候，哥哥的成绩居然比妹妹的成绩还要好，他们又进了同一所中学。初中三年，哥哥的作文成绩非常棒，老师把他的作文推荐到当地的报纸上竟然发表了。他发表的第一篇文章的题目叫"妹妹"。文章写了妹妹对他这么多年无微不至的照顾，当地电视台看了这篇文章后还专门到学校里来采访妹妹，问她是什么力量让她这样坚持照顾一位这样的哥哥，妹妹用最朴实而又最动人的话对记者说："小时候妈妈曾经对我说过，哥哥是天使，他被坏人打断了翅膀，我就是他来寻找的那双翅膀，所以我必须让他飞起来。"

又过三年，哥哥妹妹都高中毕业了，这三年里，哥哥又写了好多文章，并且发表了，但是由于身体缘故，他进不了大学校门，就在家里当起了自由撰稿人。而妹妹的成绩平平，只进了一所很普通的大学。

后来，妹妹有了一份很平常的工作。再后来，妹妹找了一个很平常的对象结婚了，婚礼上，哥哥把一本自己刚出版的长篇小说送给妹妹当作结婚礼物，书名叫《天使的翅膀》。妹妹在婚礼上激动地哭了，她非常动情地对来宾说："这么多年我一直做着哥哥的那双翅膀，可我明白我不是他真正的翅膀，因为我只是哥哥身上插着的一双纸翅膀，飞起来会很难，他送给我的这份礼物才是哥哥寻找到的真正的翅膀，有了这双翅膀，天使一定会飞起来的。"

一片激情热烈的掌声。哥哥哭了。

◀ 靳海梅

单位派我到劳务市场招几名临时砸煤工，我已经说不清多少次来招砸煤工了。砸煤这活太脏太累，年轻的不想干，年老的抢不动大锤，所以招来的都是一时半会儿找不着活干又不愿意干等着的人，他们来干几天找着活了就走了。他们一走，我就得到劳务市场去，这已经成了规律。

这一次还算顺利，去了没多长时间就找了六个，我正要带着他们往单位走，被一位妇女缠住了，她问我能不能要她，我说不行，不要女的，她还是不肯放我走，她说她比男的还有劲。我仔细看了看她，除了脸长得黑手粗糙些也看不到她哪点有劲来。我告诉她，我们有规定不要女的，但是她不听，硬是跟着我到了单位。领导见我带了个女的问我怎么回事，我就告诉了他，那妇女就求部长，说她能砸动，她只要 80% 的工资就行。领导说那就留下吧。

当我再次去劳务市场领回几个砸煤工时，我惊奇地发现，上次那个女人还没有走，她站在煤堆的最高处，把锤子抡得最高，只听声声煤块破碎的声音，看着这样一个女人，我有些感动也有些感触，我想象不出她有一个怎样的家，她的家人怎么忍心让她出来干这种活。我上前叫她休息一会儿，她笑着说，她刚休息了不累。她一笑，我也禁不住笑了，因为她浑身上下都漆黑，包括脸，一笑，露出一口洁白的牙齿，活脱脱一个印度人。

一茬又一茬的砸煤工走了，那个女人却始终没有离开，我很震惊这样一个女人能在这个岗位一待就是半年，我私下了解了她的一些情况，知道她是个很不幸的女人。她叫靳海梅，40岁，家住距市里50公里的农村，丈夫早逝，留下一双儿女和一个年迈的婆婆，为了养活一家人，她不得不出来四处打工赚钱。对于这样一个女人，大部分人都对她表示同情，在私下议论她的不容易。

真的太意外了，靳海梅上了省电视台的人生采访栏目，我们单位里好多人都看到了她，她的儿子成了省里的高考状元，她作为一个状元母亲接受了采访。电视里，她一直笑容满面，感恩地说她70多岁的婆婆对她的好和对她孩子的照顾，说她的两个孩子如何的可爱，只字不提自己。当主持人问到她干什么工作时，她很轻松而又自豪地说出了她是一个企业的砸煤工，她还说这个工作是她打工以来最满意的工作，因为每个月都按时发工资。听着她的话，我当时都流泪了，可是她仍然在电视里笑着，自始至终，我没有看到她掉一滴眼泪。采访结束时，靳海梅说了一句大家都很感动的话，她说，可能有好多人可怜我同情我，认为我不幸福，但是我要告诉大家，我是幸福的，我的婆婆、儿女和我不管是身体和心理都很健康，我们在生活中相互鼓励，寻找开心，虽然日子穷苦一些，可是我们能让生活充满喜悦和丰富多彩，只有不停努力而没过分的奢求，所以，我们很快乐，希望大家都幸福快乐起来！

是呀，幸福就这么简单，它不是做大官，不是赚大钱，也不是有多少才华，更不是有多少家产，而是有一颗健康乐观的心灵。人生幸福，只有你自己去体验，所以，幸福就在你的心中，就看你怎么去对待了。

最
美
的
化
妆

◀ 一句话的事儿

　　秦雪雪从小就高傲，高傲的从不把别人放在眼里。这也难怪了，她的出身不凡，她有高傲的资本。秦雪雪的外公外婆都曾是市里的高官，妈妈在公安局工作，爸爸在教育局工作。你说，有这样条件的人能有几个？

　　秦雪雪在学校里那就是公主，是月亮，别人都得高高地仰视她。

　　小学时，秦雪雪不愿写作业，每次考试都不及格。班主任李老师自习课时把秦雪雪叫到办公室要给她补课，秦雪雪觉得好委屈，回家就哭着向妈妈告老师的状。妈妈看女儿哭得如此可怜，心疼至极，起身就要去找老师，秦雪雪爸爸阻止她："老师做得没错，我们应该教育雪雪，要不她的前程就会有问题。"

　　秦雪雪妈妈不服气地骂老公："你就是个眼拙心笨的家伙，到现在还看不透社会的发展趋势，将来是个拼爹的时代，谁的爹本事大，谁家的孩子就有本事，那些村里考出来的状元，也不一定有什么好前程。要让女儿有出息，你先检讨自己吧。你要不混出个爹样来，误了女儿的前程，我就让女儿恨你一辈子。

这句话堵得这个大男人哑口无言。秦雪雪妈妈还是拉着女儿的手找到了老师，并且对老师说："我知道你是对我们家雪雪好，怕我们家雪雪没前途，前途的事呢你就不用担心了，雪雪她不想学习，想干点啥就让她干点啥吧，只要她高兴就行，你别给她补课了，有我们在，她的前途会很光明的。"

果真，老师不再给秦雪雪补课了，秦雪雪妈妈自豪地对女儿说："看看是吧，妈妈一句话的事，老师都不敢不听。"

初中时，秦雪雪在学校里仍然是个高傲的公主，是月亮。不过别人已经从仰视变成了仰慕，仰慕她有一个那么优越的家庭。这时候，也正是少男少女情窦初开的时节，秦雪雪的身边成天围着一群像哈巴狗一样的男生。秦雪雪要是看哪个男生不顺眼了，只要眼皮子一忽闪，准会有人替她教训这个让她看着不顺眼的男生。

有一次，邻班的男生冲秦雪雪抛了一个媚眼，秦雪雪就叫人把那个男生打得鼻子嘴里都冒血。那男生父母找到学校不依不饶的，秦雪雪吓得躲到同学家几天不敢上学不敢回家。秦雪雪失踪后，妈妈吓得差点晕死过去，当找到女儿时，妈妈一把抱住女儿说："不就是打人了吗，没什么了不起的，妈妈一句话的事儿，谁都不敢来找你。"

妈妈怕女儿不信，当着女儿的面拨了一个电话："小李子，你现在就到我女儿的学校去，尽快摆平我女儿打架的事儿。"

果真，第二天，老师打来电话非常客气地对秦雪雪的妈妈说："明天就让雪雪来上学吧，孩子们打个架没什么大不了的，以后我会多照看雪雪的。"

　　高中时，秦雪雪已经出落得如花似玉，更像个城堡里的公主了。秦雪雪还学会了开车，她经常开着妈妈的车在大街上拉着男孩子兜风。有一次，她拉了三个男孩子到一所大学去，不小心撞倒了两个正在玩滑板的女生，她车都没停就快速开车出了校门。

　　后来交通部门查出了是秦雪雪家的车，找上门来后，秦雪雪的妈妈很快就把他们打发走了。秦雪雪可是见识了妈妈的本事，笑着替她妈妈说："一句话的事儿，妈，你真行，我佩服你！"

　　秦雪雪高中毕业没考多少分，却上了一所非常好的大学。这也全靠她妈妈混得好，打个电话，一句话的事儿，女儿上学的事儿就办妥了。

　　大学里，秦雪雪离开了父母更加放荡不羁，学会了喝酒抽烟打牌，还跟一些不三不四的社会青年学会了赌博。

　　在一次赌场上，有几个知道秦雪雪身世的社会青年，把她随身携带的五万块钱都想办法赢掉后，还想侵犯她。秦雪雪得知是圈套后，随手拿起身边的水果刀，一连捅了三个人……

　　看守所里，秦雪雪起先并没有害怕，她相信妈妈的本事，相信妈妈会救她出去。

　　也确实如此，看守所外，秦雪雪的妈妈也不相信自己连救女儿的本事都没有。这么多年，在她眼皮子底下找缝溜走的杀人犯都有好几个，何况是自己的女儿，她一定有办法救出来的。

然而，她使尽了浑身的招数，仍然找不到一个缝隙可钻。在宣判的前一天，秦雪雪的妈妈无奈地来看女儿。她是怀着绝望的心情来的，女儿竟然还天真地笑着问她："妈妈，是不是我能出去了？这里面太憋屈了，我想回家。"

　　两行浑浊的泪水从妈妈的眼里流了下来，秦雪雪感觉到了什么，恐慌地大声喊道："妈，以前无论我犯了什么错，只是你一句话的事儿，现在怎么了，你的本事哪儿去了，我要被枪毙了是不是？我要死了是不是？你快去打电话呀，你快去找人哪，你那么大的本事，一句话不行你就说十句，十句话不行你就说一百句，一百句话不行一千句准行，我不想死妈妈，我还年轻，我要你救我。"

　　这个女人终于领悟到，就是因为以前自己的一句话太管事儿，才导致如今说上一万句都不顶用了，是自己毁了女儿的一生……

◀ 不　疼

　　在屯子里，巧玲是让大姑娘小媳妇羡慕的眼红的一个女人。她男人臭蛋是个货车司机，平时不抽烟不喝酒也没其他不良嗜好，每次出车回来都会给老婆孩子带礼物，是屯子有名的好男人。

　　臭蛋只会挣钱不会花钱，工资一开，他就全部交给巧玲。巧玲起初过意不去，就抽两张给他零花，他不留，他说他花不着。后来，巧玲习惯了这种方式，也不再有这动作。

　　转眼，臭蛋的两个双胞胎儿子该上初中了。臭蛋怕镇上的教学质量差耽误孩子的前途，和巧玲商量着让孩子到县城的私立学校读书。这不，两口子把两个宝贝儿子送到学校安排好后，巧玲想带着臭蛋到县城的大商场转转，给他买两件像样的衣服。臭蛋不肯去，说自己是个脏司机，成天接触的不是煤就是炭，穿啥都穿不出好来，买了也是浪费。巧玲知道他的性格，他为她和孩子舍得，为自己从来不舍得，巧玲心里明白这点，嘴上还是骂了他句守财奴。臭蛋也不顶嘴，只是冲巧玲傻笑。这笑，让巧玲感觉心里酸酸的。

臭蛋要赶着出车，所以他们在县城饭都没顾得吃就急着往车站赶。这越急越没好事，走着走着臭蛋的背突然疼起来，巧玲说正好我们在县城，去医院检查一下吧，臭蛋说没事，说这一阵子经常这样，稍稍站一会儿就好。可这次臭蛋站了一会儿，还是疼，这下巧玲不走了，硬是招呼了辆出租车把他拉到了县医院。

医生询问了臭蛋的症状，不敢贸然下结论，要他去拍 X 片。臭蛋不去，说自己不过是平常的背疼，不会是病。巧玲生气了，说不买衣服我依你，不看病绝对不行，再说了不就几十块钱吗，咱就当买个安心。臭蛋看到巧玲真着急了，就依了她，拍 X 片。医生说现在人不多，他们可以在这里等 X 片出来，也可以先回家明天再来拿。臭蛋非要走，他要出车，巧玲放臭蛋走了，她心踏实不下来，想在医院等结果。

两个钟头后，X 片出来，医生看了后表情很凝重，巧玲看不懂图片就看医生，看到医生的表情心慌起来，想问又没有勇气。医生看得出巧玲的慌张，但不得不说实情，臭蛋患的是骨癌，晚期，已扩散到了肝肾，最多有六个月的生命。巧玲当即瘫在了地上。

回家路上，巧玲悲痛欲绝，但她还是觉得医生说得对，丈夫病了，她不能倒下，如果她也倒下了，孩子怎么办？她鼓励自己坚强，一路琢磨如何对臭蛋说，如果不说实情，那依臭蛋的性格，肯定不肯住院治疗，如果说出实情，臭蛋能不能受得了这样的打击？最后，巧玲还是决定对臭蛋说实情，她觉得臭蛋虽实在却不傻，不是好糊弄的一个人。

两天后，臭蛋出车回来，巧玲把诊断书递给了他。臭蛋看了诊断书后脸上马上变了颜色，巧玲只管无声地落泪。半晌，臭蛋清醒过来，平静地对巧玲说，既然病了，那就住院吧，能多活几天算几天，我以后全听你的，你说打针就打针，你说吃药就吃药。结婚以来，臭蛋第一次表现得这样乖巧，巧玲哇的一声趴在臭蛋怀里大哭起来。

臭蛋住院了。他果然听话，医生要怎么治就怎么治，巧玲买什么他吃什么，再不唠叨自己不需要。才住了几天院，臭蛋就告诉巧玲他觉得好多了，也不怎么疼了，疼时只要打个平常的止疼针就管用，所以他不会轻易就死掉的。巧玲听他这么说，心里也有了些安慰。臭蛋虽说病情减轻了，胃口却不大好，所以日渐消瘦。一次，医生趁巧珍不在偷偷问臭蛋，那止疼针真的管用吗？臭蛋笑着对医生说，管用，一打就不疼。医生摇了摇头一声叹息。

那天夜里，臭蛋病房其余的人都出院了，正好家里有事巧珍也回家了，谁也没有发觉，臭蛋已停止了呼吸。第二天一大早，医生来查房才发现了臭蛋已是一具尸体，医生发现，臭蛋的被褥都是湿的。巧玲赶来后趴在臭蛋的尸体旁哭得死去活来，她不明白走时臭蛋还好好的，还冲她笑，怎么会这么快就死了。

医生看着巧玲又无奈地摇头叹息，他告诉巧珍，臭蛋是他当肿瘤科医生以来唯一一个用几块钱的止疼针就能止疼的一个人。

听到这话巧玲感觉到了臭蛋对他的欺骗，但想想也就释然了，因为这才是臭蛋一向的性格，天大的事都无法改变他。

◄ 好司机

父亲在运输公司开了四十五年大货车。六十五岁，他以零事故光荣走下工作岗位。

我也是一名司机，跟别人跑了几年车后也买了自己的大货车。父亲退休那会儿我也算位老司机了。有次和父亲拉家常，父亲突然问："儿子，你说咋样才算一名好司机？"我回："开车开得好呗，这还用说。"父亲却摇头："我觉得不对，好司机不应该光开车开得好，各方面都得好。"我反驳："司机就是开车的，把车开好就行了。"父亲还是摇头："我没文化，给你说不清，反正我认为你说得不对。"

不久，遇到了这样一件事。

那次是我头回跑山西，父亲非要跟车，我知道他是不放心我。到了山西境界，路况复杂起来，可我心里有数开得非常自如。父亲却一直叮嘱我："要注意，不要轻心。"我笑着说："放心吧。"不料，我刚说完这几个字，就在后视镜看到一辆大货车摇头晃尾地往下冲。当时我还开玩笑地说："爸，你看后面的车像在跳舞。"父亲侧脸一看，立刻紧张起来："应该是刹车失灵了。"顿时我也慌得手足无措起来。父亲边看后面边对我说："不要慌，按我说的做，现在用最快的速度把车完全横在路上，然后停车拉死手刹，咱俩再用最快的速度下车往远处跑，你不用管车门，跑得越远越好。"我顾不上多想，按父亲的话去做，我们还没跑出多远就听到一声像天崩地裂一样的巨响。我仍魂飞魄散地疯跑，只听父亲的喊声："别跑了，快回去救人。"

我停下来，半天不敢回头。当我恢复意识跑回去时，父亲已经将两个人都从车中拉了出来。还好，相撞的角度被司机掌握得非常好，人没有受重伤，都还清醒。两人双双跪地："谢谢大哥，谢谢你救了我们。"父亲从地上拉起他们说："快起来，不要谢，我是司机，不能见死不救。"

过后，我弄明白父亲为什么叫我那么做。

我们走的那段路父亲特别熟悉，四五公里都是下坡，而且越来坡度越大，路的两旁是很深的山沟，我们车前面又有四五辆小轿车，在刹车失灵情况下，按正常的思维，司机停不下车，又不可能往沟里开，唯一的办法就是和前边的车相撞以求保命，如果车撞不到我们的车，下面那几辆小车怎能抵挡住一辆大货车的威力，车里的人或许都会丧命，所以，当时必须那么做。

我问父亲："爸，平时你脑子挺笨的，那么紧急的情况，脑瓜子怎么好使的，连自己都难保，还能想到救人？"父亲瞪了我一眼说："我笨是笨点，可我是司机，开了半辈子车，应该怎么做我还懂。"

我恍然大悟，父亲说得对，好司机的定义没那么简单，寓意还很深，我得跟父亲好好学习。

◀ 难忘当年淘气王

　　我中师毕业后，分配在农村当老师，后来自学了大专和本科，在教学研究上取得了较好成绩，33 岁那年，幸运地被抽调到市里的一所小学当老师。

　　我教二年级时，班里来了一个叫范小淘的插班生。他不是一般的淘气，上课听讲不安静，不是文具盒"哐啷"掉地上就是书"扑哒"掉地上，下课随意和同学玩逗，没深没浅，很多家长打电话对我说明情况，希望我对范小淘加强管理。

　　一般情况下我不会给家长打电话，甚至约谈家长。但范小淘连续遭到家长的"诉告"，我不得不和他的家长见面了。首先，我想在家长接孩子时见个面，可小淘并没有家长接，他是自己回家的。我打电话给范小淘家长，打了四次才有人接，我说明情况，他又道歉又说好话，说孩子是从农村转过来的，把农村的坏习惯都带过来了，他再教育教育。

　　听到是从农村转过来的，我就明白了，因为我也是农村长大的。因此我经常给范小淘谈心，疏导，讲道理，讲城市和农村的区别，我对他的教育还是颇有成效的，他的行为有了很大的改变。

过了一段，我的班上一个女生正换牙，范小淘不小心把这个女生一颗活动的牙碰掉了，血瞬间从这个女生的嘴里流出来，尽管我马上把女生带到医务室进行了妥善的处理，女生的家长还是不依不饶，气急败坏地给我在电话里斥责范小淘是个不折不扣的坏学生，坚决要求范小淘调离此班。这位家长威逼我说，如果我不这样做，她就联合班里所有家长到学校里找校长。为了息事宁人，我让那位家长给我五天的时间处理此事，那位家长答应了。

不得不约谈范小淘的家长了，让范小淘对他家长说，家长并没到。于是我给他的家长打电话，很不巧，电话欠费停机。第二天，我又打了范小淘家长的电话，还是停机。我把范小淘叫到办公室问他家长怎么叫不来，范小淘低着头不言语，再问，他就哭了，作为母亲，他一哭，我就心软了，放他回了教室，想着再另想计策。

第三天，我上着语文课，让同学们学习造句，谁会用"好像，好像"造句的请举手，同学们非常积极地都举手，特别是范小淘，举手时都半站起来了，还兴奋地大喊着："老师我会，老师我会。"

由于心里装着范小淘的窝心事，看到他又这样没规矩不禁很窝火，故意把他叫起来准备大大地批评一回："范小淘你来。"

范小淘激动地猛然往起一站，动作大得凳子都碰倒了，同学们一阵哄堂大笑。接着，范小淘洪亮的声音在教室里响起来："我的哥哥白天好像爸爸，晚上好像妈妈。"

一阵更热烈的哄堂大笑。这天我的心情消极到了极点，下班后不想回家，骑着车在外面转，当我转到一条街时，我突然看到了范小淘，他正趴在不远处路旁的一个大石板上，看情况是在写作业，一边写一边往前方看。

"范小淘，你怎么在这儿写作业？"我走上前问。

范小淘看到是我，也不吃惊，指着对面一个正在建设中的大楼说："我哥哥在那个楼上干活，我在这儿写作业他能看到我，他下班就过来接我了。"

"哦？你还有哥哥？"

"有啊，我哥哥就是我的家长。"

"那你爸爸妈妈呢？"

"我没有爸爸妈妈，我只有哥哥。"

范小淘的话让我大为惊讶，我趁机又问了范小淘一些事情。原来他父母都出车祸去世了，哥哥是个农民工，为了方便照顾弟弟才把他带到了城里，租了房子，想办法让他在城里上了学。

这让我很自然地想到了范小淘在课堂上的那个造句，我很惭愧地责问自己：作为一个省级优秀教师，你连自己学生家庭情况都不了解你合格吗？难道范小淘造的句有错吗？他的哥哥白天在工地上干活，晚上回去给弟弟洗衣做饭，不是白天好像爸爸，晚上好像妈妈吗？

我在夜晚难以入眠，从床上爬起来写下一份家长会的材料。在家长给我期限的最后一天，我占用学校的会议室开了一场别开生面的家长会。在家长会上，我给家长们讲了一个以范小淘为蓝本的短而精彩的故事，故事的题目叫"造句"。

大概家长们对范小淘那个"好像，好像"的造句并不陌生，孩子们放学回家总会把在学校发生的有意思的事对家长说说吧。当我要求家长们为这个造句打分的时候，家长们先是不约而同地沉默无语，我没有料到第一个举起手的竟是被范小淘碰掉牙的孩子的妈妈。

　　"闫老师，我明白你开这个家长会的目的了，也听懂了你故事里的主人公是谁，在这里，我先向你和所有的家长道歉，是我太一意孤行，不分是非，丢失了人之初的善良，我也是一位母亲，我也有母爱，我再也不会联合别的家长找校长了。我提个建议，从今天起，我们所有的家长可以轮流接范小淘回家，像对自己的孩子一样对待他，一是让他不容易的哥哥可以放心地打工，二是也让孩子有一个好的学习环境，享受到他没有享受到的父母的爱。最后，我想，我应该给范小淘的这个造句打一百二十分。"

　　会议室顿时响起一阵响亮的掌声。接下来的会上，很多家长都表达了自己的看法，一致认为范小淘是个可怜的孩子，他们都同意轮流照顾，给他最好的爱。

　　范小淘可谓是一个幸运儿，他一下子拥有了那么多的"爸爸妈妈"和"兄弟姐妹"。多年后的今日，范小淘已是一位浙江大学的优秀学生，

　　他一直没有忘记当初照顾过他的那些"爸爸妈妈"，这些"爸爸妈妈"也一直没有"抛弃"范小淘，都与他保持着联系，还经常送他一些他所需要的东西。值得更欣慰的是，范小淘的农民工哥哥也娶妻生子，尽管生活并没有大富大贵，但也幸福美满。

◀ 卖早点的女工

　　开饭店时，我雇了一个只卖早点的钟点女工，这个女工姓沈，三十一岁，长得十分普通。我叫她小沈。

　　我曾一度想辞掉小沈，再找一个别的女工来代替她。我想辞掉她的原因并不是她不能干或者是我看她不顺眼，而是她对时间太较真儿。她来找这份工作的时候说是从早上六点到八点，只要八点一到，她立马就走，一分钟都不会多留。虽然她并没违反规定，但这样的员工总是让人感到缺乏责任感，让我觉得很不舒服。

　　在决定辞掉她的头一天，我去天一广场卖东西，经过一个临街小区时，我突然看到了小沈。她正在小区的一个墙后边冲墙前边不远处张望着，那种表情与动作，就像在跟梢一样。我知道，小沈就住在这个小区。那她既然是这个小区的居民，下班了不回家在这鬼鬼祟祟干什么，我开始犯嘀咕。

　　这时，只见一个三十多岁的男人在小沈张望的方向从单元门里走出来，向小沈的方向走过来。我惊讶地看到，小沈迅速在路上扔了一个什么，像是一张票子，又迅速躲到了墙后面。那个男人虽然从此地经过，眼睛却无神地看着前面，根本没有发现有东西存在。小沈失望地又从地上把扔出去的东西捡了回去。

因为对小沈的古怪行为感到好奇，第二天我没辞掉她。她也像从前一样，一到八点，准时走人。

直到我再一次在一个小工厂的门口又看到与上次同样的场面后，我终于忍不住把她到了我的跟前。

小沈开始有些慌乱，紧接着泪水像断线的珍珠一样扑嗒扑嗒往下掉。她说，经理，我也不怕你笑话了，就实话实说了吧。

她说，我跟我老公都是下岗工人，我们积攒了一点钱，开了一个餐具门市，干了几年赚了一些。本来这样下去也挺好的，可有一天我老公在路上连续捡了两个十块钱后突然改变了原来的思想，他觉得自己这是幸运的开始，前途一定会更好，于是计划开一个制作餐具的小工厂。我老公决定的事情我一般不反对，即使反对也没用，他很倔强。后来小工厂顺利开工，生意也算不错，还完开工厂时借的钱又攒下了一笔钱。钱这个东西真是不嫌多，我老公又瞅上了一个投资公司并且动了心，把攒下的钱投了进去，真是幸运，三个月赚了一大笔。这使我老公欣喜若狂，又投了两个三个月，每次赚到的不但不往外拿还往里面再加一些。

连着赚几个三个月后，我老公彻底被那个投资公司征服了，除了小工厂的周转资金，其余的都投进去了，不但自己投，还拉拢他的朋友也投了进去，总共投了1000多万。不幸发生了，投资公司的老板因涉及非法集资被抓起来，而且判了刑，1000多万就这么泡了汤。我们的钱没了就没了，大不了从头再来，可是朋友的我们没法偿还，那些朋友不再是朋友，三天两头来我家闹事，让我们赔钱。我们把新车新房全卖了，工厂也转让了，但还是负债累累。我老公从此一蹶不振，精神恍惚，无论我怎么鼓励安慰都无济于事，这样几个月后终于有一天他说要出门转转，我偷偷地跟在他后面，他去了我们原来的小工厂，只是远远地望着，也没勇气往前走。后来他每天都要去望那个小工厂，然后回来睡觉。我的鼓励没有用，就绞尽脑汁想办法，有天我突然想到当初他捡钱的事，于是就乱想了丢钱的招，想办法让他捡到钱，再次得到一种幸运的感觉，好让他回归正常状态，重新开始。

你老公捡到过你丢下的钱没？

没有，他眼睛呆得像什么也看不见，不过我不会放弃的，我相信总有一天他会捡到的。老天不会让我们走上绝路。

我最终没有辞掉小沈，相反还给她加了工资。用爱和毅力战胜灾难的人值得我去敬重。

◀ 贵 语

　　研究生毕业后，他去了上海工作，路远工作忙，三年都没有回过家。本来想着今年五一回来，赶上新冠肺炎肆虐蔓延，直到六一才回来。父母看到他，自然欢喜得不得了，母亲几乎把他喜欢吃的饭都做了一个遍。

　　他回来第五天的傍晚，有个脑满肠肥的人来找他，开始他没认出来，对方一说话他才认出，原来是他的发小张水岭。他有十多年没见张水岭了，张水岭初中毕业就出去打工，听说近年在城里开了公司，还找了个城里的媳妇儿。认出来是发小，他颇有些激动，一拳打过去说，你小子真是太富了，都吃成肉疙瘩了。张水岭也回了他一拳说，再富也没你出息，研究生，在上海工作，让人羡慕嫉妒恨。张水岭说，听说他回来专门从城里赶回来了，见面不易，一起喝喝酒叙叙旧。

　　他们去了村外的烧烤店。烧烤店是村里人开的，因为读书他长期不在家，对店主不太熟悉。到了烧烤店门口张水岭就冲店主喊，小六子，我今天请了重要人物，你可得好好伺候啊。小六子脸上堆满笑容恭维着说，放心吧，什么时候都不敢怠慢张大老板的重要客人。张水岭指着他说，咱们村的大秀才回来了，一会儿镇书记和两个镇主任也来，哈哈，你的店一下子就蓬荜生辉了。张水岭高傲自大的神情，"油腻"的腔调使他的激动之情渐渐散去，再加上接下来对小六子的趾高气扬和对来店客人的自命不凡，他甚至对张水岭产生了几分厌恶。不过，几年才见一次面，他没必要表现他的"自命不凡"……

　　紧接着，镇书记和两个镇主任来了，和张水岭见面后双方都异常亲热，称兄道弟，如亲兄弟一般。他不认识这些镇上的父母官，张水岭就夸大其词地相互做了介绍，了解了他的身份，他们对他也相当热情。开始他们只是相互寒暄，他也没感觉出什么，后来越聊越觉得他和他们没有共同话题，他们说的大多是官场上的事，而他只是"一介书生"，对官场一窍不通，也不太喜欢那些"琢磨不透"的事儿。

　　他们越聊越欢，他插不上话，就吃肉串。这时，只见一个傻乎乎的人冲这儿走过来，张水岭也看到了，冲他凶恶地喊，快滚快滚，脏乎乎的。张水岭随手拿起了靠在旁边的一根木棍。那个傻子吓得赶紧往路边跑了。他禁不住问，那是谁？张水岭嫌弃地说，还有谁，就傻二欢呗。他刚看到傻子时就觉得他是二欢，可又不敢认，他已经十多年没看到过二欢了。二欢的哥哥大欢也是他和张水岭的发小，他们小学、初中都在一起上的。二欢是傻子，比大欢只小一岁，大欢和他们一起玩儿，二欢就来凑热闹。二欢从小不会说话，只会笑会哭，也没有劳动能力。更不幸的是，大欢和父亲一起出了车祸离世了，只剩下苦命的娘俩。

看到二欢他想到大欢，心里立刻泛起一股酸楚。他从桌上拿了几个肉串朝二欢走过去，背后张水岭在喊他，回来，别管那傻子。他装作没听见，走到二欢跟前，把肉串递给了他。二欢拿到肉串嘴里发出"呜啦呜啦"的声音，像是在说话。他正纳闷，店主小六子也走了过来，递给了二欢两串烤馒头片说，你拿着到家里吃吧。二欢拿起来也发出"呜啦呜啦"的声音。他从没听到过二欢的嘴里能发出除了笑和哭之外的别的声音，他问，二欢是在说话吗？小六子说，对。啊？他会说话啦？他吃惊地问。小六子说，二欢他娘教的，老人怕死后傻二欢讨不上饭吃，就天天教他说"恭喜发财"和"好人平安"，告诉他，谁给吃的就让他说这个好听的。

为了确定二欢说的是不是这两个词，他又从桌上拿了两个肉串递给了二欢，他仔细听他发出的声音——没错，果真是"恭喜发财"和"好人平安"。不知为什么，猛然间，眼一酸，他一个大男人的泪像泉水一样从眼里喷涌出来。

◀ 走 光

当"咔嚓咔嚓"声又传进胖菊的耳朵,胖菊才恍若初醒"唰"地拉住了窗帘。真是个没教养的孩子,胖菊披了件衣服把窗帘又拉开冲对面的窗户喊:"小屁孩儿,我再警告你一次,不许再拍照。"小男孩儿十分粗鲁地说:"我就拍我就拍,气死你。"他边说又"咔嚓咔嚓"对准胖菊按了几下快门,然后"刺啦"一下把窗户拉住,竹叶窗帘随之遮盖住整个屋子。

胖菊终于生气到无法容忍的地步,她决定吃过晚饭就去找小男孩儿的大人理论一回,若是大人讲理,就让他们管教一下孩子,假如大人也是气死她的那种态度,那她就在片警那里告他扰民,让片警做一个公正的处理。

胖菊这个名字是丈夫给她起的绰号。她原名柴辛菊,今年整整 40 周岁,体重 75 公斤。柴辛菊嫁人那会儿可不胖,才 55 公斤,瓜子脸小蛮腰,丈夫第一次见她就爱她爱得再也放不下,坚定不移地娶了她。丈夫是生意人,自然瞧不上她上班挣的那仨瓜俩枣,婚后她辞职做起了让闺蜜们羡慕不已的阔太太。生了儿子后，丈夫怕她累着又雇了个全职保姆，她闲着没事就听歌看泡沫剧逛商场和闺蜜同学聚餐，把日子过得如沐春风。结果呢，她积攒下一身膘肉，一次丈夫和她亲热后突然在腰上拧了一把说，我以后叫你胖菊吧。后来，丈夫还真就"胖菊胖菊"的叫起来了。

自丈夫叫她"胖菊"起，她就有了减肥的冲动，她尝试过跑步、瑜伽、喝茶、节食等减肥方法，由于无法坚持都以失败告终。后来上高中的儿子给她介绍了一种方法，蹦迪减肥法。儿子说，这种方法简单可行，不用出门，在网上随便找些劲爆的 DJ 舞曲，跟着舞曲随意乱蹦乱晃就行，反正平常家里就你自己，你蹦成疯子没人管。次日胖菊按儿子的方法一试，真挺棒的感觉。

为不吵着邻居，胖菊每次都把舞曲声音放得很低。某天的中午胖菊听到了"咔嚓咔嚓"的声音。她侧身一看，对面窗户里站着一个十来岁的小男孩儿，他正端着一个单反相机冲她照相。胖菊往自己身上一看，短裤和背心间肥厚而雪白的肚皮毫无遮拦地暴露着，她恼羞地拉住了窗帘。可胖菊不喜欢憋闷，不论冬夏总爱开着窗户，拉开半扇窗帘。而且胖菊是个不拘小节的女人，蹦迪时那半扇窗帘总是忘记拉上，所以后来"喀嚓喀嚓"声时常传进她的耳朵。她警告过那个小男孩儿，那小男孩儿根本不听。

晚上，胖菊去了小男孩儿的家。上了三楼，她敲了一下那扇生了锈的旧式防盗门，半天没有动静。她又连敲了三下，门开了，开门的就是那个虎头虎脑的小男孩儿。胖菊问："你的家长呢？"小男孩儿倔倔地说："我爸还没回来，我妈在床上。"

胖菊环视了一下屋里的环境，外屋除了破旧的三人沙发和破旧的桌子就是一台很小的电视机，大概十四英寸，胖菊记得小时候曾看过那么小的电视。胖菊往里屋走，里屋简捷的双人床上躺着一个脸色瘦弱苍白的妇女，床边，胖菊看到了那个与这个屋子格格不入的单反照相机。胖菊冲相机走过去，小男孩儿抢先一步抓过照相机抱在胸前冲胖菊喊："不许你拿我的照相机。"胖菊看到床上的女人身子动了动，手想给胖菊打招呼却又无力地耷拉到了床上。胖菊上前问："大姐，你病了吗？"小男孩儿说："她不会说话，只会哭。"胖菊果真发现女人焦黄的脸上滑下一串的泪珠。

"她是你妈妈吗？"胖菊问。

小男孩儿回答："是。"

"你妈妈得了什么病，为什么不去医院？"胖菊又问。

小男孩儿说："去过好多次，到城里来就是为了给她看病。"

这时，胖菊听到开门声音，有人进来了。小男孩儿对胖菊说："我爸回来了。"

胖菊走出里屋，是一个高瘦黝黑的男人。她问："你是孩子的爸爸对吗？"

高瘦男人紧张地问："他是不是又惹事儿了，这孩子在村里野惯了一时半会儿总改不了。"

胖菊那满腹的愤怒早已消失，她赶紧说："你误会了，我就住你家窗户对面，从我家窗户就能看到你家，你儿子经常在窗户那儿给我拍照，我想看看他把我拍成了什么丑样子？"

小男孩儿的父亲霎时笑了，脸上显现出几条像筋脉一样的皱纹，他说："那个照相机是假的，是我朋友看他平常照顾他妈不能出去玩儿给他在网上买的玩具，拍不出照片来的。"

　　胖菊简直有些惊诧，她不好意思地说："原来是这样啊。"

　　胖菊从小男孩儿家回来，在窗户那儿望见小男孩儿也在窗户那儿，他端着照相机又制造出"咔嚓咔嚓"的声音。胖菊冲那小男孩儿喊："改天我送你个真的。"小男孩儿特别怀疑地问："真的？"胖菊说："真的。"小男孩儿"嘎嘎嘎"地笑起来。

◀ 最好的过年礼

逛超市购年货，超过一百元赠送一副春联，不觉中，我购物超过了一千元，弄了一大堆春联回来，于是没加思考地给父亲打了个电话："爸，今年别再写春联了，过几天我给你送几副去。"没料到父亲却生了气："你们这些年轻人呀，啥都想省事儿，我看慢慢地都会省事儿到年都不过了。"

父亲七十九岁，和七十八岁的母亲生活在保定曲阳的一个小村庄里。他们爱村庄，爱家，爱子女，更爱来之不易的祖国的今天。他们喜欢欢天喜地，喜欢车水马龙，喜欢万象更新，喜欢张灯结彩，喜欢锣鼓喧天，喜欢五谷丰登，前辈所喜欢的，仿佛我们已经给不了了，我们所喜欢的，却总是那么遥远……

想想父亲的气生得不是没道理。现在有些年轻人是能省事儿的都省事儿，饭不做了叫外卖，衣服不洗了进干洗店，家不收拾了给钟点工，不散步了，不打球了，不陪父母了，仿佛仅剩下一部手机了……至于过年，吃的穿的用的都不缺，除了手机，仿佛已没有其他更多的必须了。

于是，我在家人微信群里提议：今年我们都放下手机像过年一样过个年，过一个有年味的年好不好？先是哥嫂点赞响应，大概年轻的下一代也经过了一番斟酌与内心的抗争才勉强出手称了个赞。接下来商议：小年怎么过？

小年，就是腊月二十三灶王爷上天的日子。"上天言好事，下地见吉祥"，爷爷活着时经常对我们说这句话，说的是让灶王爷上天后在玉皇大帝面前多为地上的百姓美言几句，好让地上得个吉祥年。所以，灶王爷是万万不能怠慢的，一定好吃好喝地供，并且把他骑的那匹马也供好。

"我雕刻一位神气的灶王爷吧，让他身穿大红绸缎绣龙袍，脚蹬双嵌金线飞凤靴，怎么样？我够尊敬灶王爷的吧，好让他老人家保佑我们全家幸福快乐！"雕刻出身的侄子抢先在群里说。

"那我画两张威武凶猛的门神，贴在爷爷奶奶家的门口，让那些凶神恶煞看见就打颤。"上美院的侄女也不甘示弱。"一言为定。"侄子说，"三天时间搞定。"侄女说："那没问题，谁的作品能让爷爷奶奶笑的时间长就算赢了，输了请对方吃名牌巧克力。"侄子说："好。"

我的儿子不会雕刻也不会画画，但也不服软，他说他要专门为外公外婆写一首歌，过年时弹着吉他唱给外公外婆听。

于是，兄妹三人都给不会玩微信的老人打了电话，说了他们三人的计划，还说在小年那天一起回家祭祀灶王爷。

"二十四家家忙，不做豆腐就扫房"，孩子们主动说出了他们的想法，二十四大家帮着爷爷奶奶扫房，二十五帮着他们一起做豆腐。做豆腐父母不在话下，因为我们上学那阵儿，父母是靠卖豆腐供我们兄妹三人念书的。可是孩子却有了提议，不用现代的机器磨豆子，他们要推石磨，要用手揉豆渣，要狠狠地体验一下过去的那种叫"生活"的东西……

孩子们越说越起劲儿，说好了做完豆腐就跟着老人住在老家，学练毛笔字，到除夕要比写春联，让老人当裁判，看谁写得最好家门口就贴谁写的春联，让从门口过的乡亲们都夸咱们家的孩子有出息……

看着孩子们叽叽喳喳，热热闹闹，兴奋盎然，那不是父母正需要、正期盼的吗？年味十足，父母高兴得合不拢嘴，一家人其乐融融，像过个年似的过年，这才是最好的过年礼。

◀ 纯真的善良

　　那次，我跟报社的朋友去一个叫梅花村的地方采访，那是一个离市区 40 多公里的山村。

　　山路弯曲不平，车也不好开，一个半小时我们才到了村子。把车停在村口我们便往里走，村里很空寂，好不容易才看到一个蹬三轮车的大爷。我朋友问："大爷，你们村委会在哪儿？"

　　大爷也没问我们是干什么的就告诉了我们村委会的具体地方。朋友说了"谢谢"后，大爷又说："村委会现在没人，找里面的人得到家里去找。"

　　"我们是报社的，想找村支书了解点村里的历史。"

　　"村支书就是那家，你去家里找他。"大爷指着东边的那户人家。

　　朋友又说了"谢谢"，大爷就走了，但他一直回头看我们。

　　村支书听说是报社来的记者，要让他们的村子上报纸，激动得不得了，讲起村子的历史也是滔滔不绝。

最美的化妆

采访完，村支书要留我们吃饭，我们拒绝了，他把我们送出了家门。这时却见门口站着来时给我们指路的大爷。

"我等你们呢。"大爷说。

"老路你有什么事儿吗？"村支书问。

"我看这个穿红衣服的闺女眼熟，想问问她是不是在玻璃厂上过班？"大爷说。

我欣喜地说："对呀，去年改制下岗了。"

大爷也欣喜地说："这就对了，我就看着面熟，你还记得不，你买了我45块的存折。"

这么一说我就想起来了。我们单位的退休职工每年都要亲自认证，两年前认证时，来了老两口，大爷是来认证，大娘捎带着看看病。大爷认证完，拉着大娘来到我们办公室，他手拿着一个巴掌大像宣纸一样的小存折说："这是当年我招工进来时扣的押金，共45块，我想把钱换出来，看找谁换？"我拿起存折一看，年代感满满，我想那时的45块钱应该是不小的一笔款。存折上扣着两个章，一个农行一个我们厂。我让大爷去找一下工会主席问问，大爷就去了不一会儿又过来了，他说工会主席说，年代太久了，已经换了几届领导，厂子也进行了几次改制，换不了。大爷又委屈地说："我不想多要，就要上面的45块就行。"我看到大娘的眼里都急出了泪，就从钱包里拿出50块钱说："大爷你给我吧，我换给你，留着当纪念。"大爷激动地说："那好那好，闺女你真是太好了。"大娘也说："谢谢你啊闺女。"大爷哆嗦着从包里拿出5块找找我，我没要。老两口就千恩万谢的样子搀扶着走了。

我都没记着大爷的模样，大爷竟还记着我的模样。

"闺女，今天你们得到我家吃饭，你大娘正给你们包饺子呢，不去可不行，你们必须去。"大爷不依不饶地说。

村支书也说："既然有缘分就去吧。"

盛情难却，我就跟朋友去了。大娘真的在包饺子，看到我们也激动得不得了，她看着我说："闺女，你的好我们全记着呢，要不是你，那45块钱可就扔了。"

"是50，闺女给了50。"大爷更正她。

"对是50，当时你找给她5块，这闺女说啥也不要。"大娘跟着说。

"这不算个事儿，不用记着。"

"得记着，人活着就要记着别人对自己的好。"

我被大娘的话感动得也眼热了，仅仅是举手之劳，却让两位老人记得这么深。

我们动手一起包饺子，大爷去外面的锅灶那儿添水烧柴。我们一边包一边聊天，知道了大娘有一双儿女，女儿嫁到了外地，儿子在城里生活，儿子在城里贷款买了房子，如今还是大爷的退休金给儿子还着贷款。

眼前的这个家真是很清苦，连一件像样的家具也没有，可他们的心却是太善良，连别人帮过的一点点小事都还记着。

走的时候，大爷把早已准备好的萝卜和小白菜用三轮车拉到村口装在我们车上，说是让我们尝个新鲜，大爷的固执我们想拒绝都拒绝不了。

　　我们心安理得地拉走了他的菜，因为临走时，我和朋友每人拿出了两百块钱偷偷地放在了他们炕上的枕头底下。也不仅仅是同情，更多的是感动于大爷大娘的那份纯真的善良。

◀ 拒绝诱惑

．．．．．．．．．．．．．．．．．．．．

我的小超市开在市郊的一个角落，尽管位置偏僻，靠着廉价的商品，多年来也经营得风生水起，顾客满门。这一带近些年正处在建设时期，风里来雨里去的都是些背井离乡出卖劳动力的农民工，他们就成了小超市的主要消费群体。这些农民工大多一年只回一次家，就算有机会多回一次都不回，觉得把钱花在路上是浪费，所以没有谁舍得论质量买东西。日常用品只要能用就行；酒只要能喝就行；烟只要能抽就行。当初我就是看准了这个市场才在这里租地盖了几间简易房，走的是薄利多销的路线。

这天傍晚，连续来了几拨顾客，当我忙完了一阵子，刚想玩儿会手机，马上来了一位顾客，我看他是张陌生脸。我不是一个记性好的人，再说这一天天忙的，就算来来回回很多是老顾客，我记住模样的也没几个。这人一进屋并不是去挑选商品，而是掏出了一盒烟递到我的眼前，我以为他是让我抽的，急忙拒绝："兄弟，我不抽。"

他憨厚地笑了，那笑显得有点囧，而后他磕巴着说："不是不是，老板你误会——误会我了，我是想——"

他说了半截，显然不好意思再说下半截，手去挠后脑勺。

"咋啦兄弟，说吧，遇到什么需要我帮助的事儿了，你尽管说，我能帮会尽力帮。"我鼓励他说出来。

他仍尴尬地笑，随后又把那盒烟递到我跟前："老板，能不能——能不能把这盒烟给我换几盒便宜的？"

我从来没干过换东西的事儿，但还是伸手拿过他手里的烟看，是包软中华，价格60块左右。因为消费群体的缘故，我从来不进超过十块钱的烟，因为卖不出去，这个档次真不敢留下，我自己都舍不得抽。正想给他递回去，转念一想，说出去的话泼出去的水，自己刚才还对人家说遇到困难能帮会尽力帮呢，这位农民工兄弟舍不得抽这么好的烟，想换几盒廉价的抽，如果我说不换，岂不是打自己的脸了。"好，给你换，就换长白山桂花的吧，行不行？"我大方地说。

一听说我换，他马上展开了喜悦的笑颜，激动地说："太谢谢你了老板，这是给我们老板帮忙的时候老板给的。"他特意解释了一下这盒烟的来历。

我拿了一条桂花放在了柜台上，他并没有去拿，像是还等着什么。"拿走吧。"我冲他说。

"不不不，老板，你给我几盒就行，不用换一条，太多了太多了，我一个不花钱得来的烟，不能这么干。"他还是没有拿，而是摇着头说。

"叫你拿你就拿，我这么一个大摊子，也不能沾你的光不是，快拿着，要不拿着以后可别来这儿了啊。"我仍很严肃地说。

　　他特别尴尬地笑，伸手把那条烟拿了起来："那我可真拿走了，真是太感谢你了老板，你真是大好人。"

　　就在他转身的那一刻，我似乎看到他的眼里闪出了亮晶晶的东西，这不由让我有些难受。"你等一下。"我叫住了他。

　　"咋啦？是不是后悔了老板，后悔了我就还给你。"他说着就把那条烟向我递过来。

　　"哪有的事儿。"我冲他笑着，三下两下把那盒软中华打开，抽出一根递给他说，"来兄弟，抽一根。"

　　"不不不，我不抽。"他挥手说。

　　农民工背井离乡真是不容易，他越是说不抽，我越是想让他享受一下这烟的滋味，我真心真意想给他点温暖，为了让他抽了这根烟再走，我硬是拿了把凳子让他坐一会儿，正好此时也没有顾客来。他却说什么也不肯坐。

　　"不坐可以，你得把这根烟抽上。"我觉得他肯定经不住这根烟的诱惑。

　　"不不不，老板，我真是挺感谢你的，这不能抽，你看我刚换给你的。"他坚决地说。

　　我想着他可能就是这个原因，解释道："兄弟你别误会，我绝对没有别的意思，我打算抽了这盒烟，作为朋友，就是想让你抽一根而已。"

　　他憨厚一笑，说："我也没别的意思，我就是不能抽这根烟。"

我还是觉得他是不好意思抽这根烟，故伎重演刚才的口气："你想把我当朋友不？如果想，就抽了，跟换不换没关系。"我还把打火机也拿了出来，准备给他点上。

　　"老板你千万别点啊，你点上我也不抽。"他有点急了。

　　"就为是你换给我的？""也不全是。""那是为什么？""还是不说了吧。"

　　"说一下嘛。"不知怎的，我特别想知道他的原因。

　　"我是怕我抽了这么好的烟会经常想着它的好，然后就再也不想抽那些赖烟了。"说完，他又说了一句"感谢"，转头又要走。

　　"等等，你把这个打火机拿上吧。"我递给了他。

　　"这个可以，太谢谢你了。"这次他真的走了。

　　望着他远去的背影，心一阵又一阵地酸楚，无疑这是触动了我心底最柔软的地方。

◀ 一诺千金

　　她曾有过一个继父，半年前他无情地同她的母亲离了婚，理由是他的前妻又回来找他了，为了孩子他还是愿意和前妻一起生活。

　　她的母亲绝不是一个不懂道理胡搅蛮缠的人，作为后来者，她清楚自己不占优势，明智地退出了。她的父亲病逝了，留给她们娘俩的仅有一张数字为零的银行卡。她的母亲经常感叹这个世态的炎凉和世道人心的不古。她和母亲有着同样的感觉。

　　亲父死时她6岁，6岁的她心存对亲父的记忆，但都是零零碎碎的，不记得有什么难忘的事，一个模糊的男人的影子而已。父亲死后，母亲年年外出打工，把她留给了外婆。母亲每次回家都要受到外婆的唠叨，外婆让她遇到合适的男人就嫁了吧，早点给孩子一个完整的家。外婆这样的话说多了激怒了她的母亲，她听到母亲冲外婆发过很大的脾气，她悲哀地嚎："有合适的我不知道嫁吗？还用你提醒我？"

直到她快 15 岁的时候，母亲终于把自己嫁了，她就有了继父。继父和她的母亲在同一个工地打工，继父当钢筋工，她的母亲在食堂当厨娘，一来二去，他们俩就说上话了，了解了对方的底细，彼此产生了同病相怜之感。他性格憨厚，她品质善良，大家一凑劲儿，他们就成了。

腊月里，工地上放了假，她的母亲跟她的继父回老家领了结婚证，随后把她接过来一起过年。那是她平生过得最幸福的年，母亲和继父带她去肢城逛商场，买了她最喜欢的衣服，母亲和继父都买了自己喜欢的衣服。继父还对她说，让她喜欢什么就吱声，只要能买得起的都给她买。她不是个贪婪的女孩儿。她只要了一些学习用品。继父不忍心，就主动送了她一部智能手机，她感动得热泪盈眶。

过完年，继父和她的母亲没有外出打工，就在县城找了个事儿干，还在县城租了一个房子，为的是让她在这里读书。经过继父的努力，她顺利地转入此地的一个中学，虽然住校可半个月回一趟家，享受着她从来没有享受过的家的温暖。

继父曾经有一个女儿，女儿在 10 岁时被前妻带走了，从此再也联系不上。继父说她跟自己的亲生女儿长得很像，第一眼看到她就像看到了自己的亲生女儿。她相信继父说的是真话，因为继父对她实在是太好了。她 16 岁生日那天，正好放假在家，吃过生日蛋糕后，继父说可以满足她一个要求，只要她能办到。她想了想说："我想坐一次飞机。"继父也想了想说："好，我答应你，现在加紧学习，等你中考后就带你坐飞机。"当时继父怕她不信任，还当着她母亲的面和她拉了钩。

世事无常，还没有等到她中考，继父就跟她的母亲离了婚。继父跟她的母亲离婚时她是不知道的，当时她正在学校紧张备考，当她考完回家才知道这个家已经散了。那时继父已经离开了这个租来的家，她的母亲在等她中考结束，没有了家，她们也就没必要继续生活在外乡的必要了。

中考结束后，她跟她的母亲回到了外婆家中。为了生活最主要的是为了供养她，母亲又外出打工了，她是独自去县城的一所中学办理了上高中的一切手续。开学前一个星期，她的家里突然来了继父的一个朋友，她认识他，叫她赵叔。赵叔带给她一个震惊的消息——继父去世了。

继父得了癌，他没有把这个坏消息告诉她的母亲和她，而是选择和她的母亲离婚，还为离婚编造了一个前妻回归的谎言。赵叔说，继父这样做为的是让她的母亲不落下一个克夫的名声。

"你继父说，他承诺过中考后带你坐飞机，一诺重千金，他临终前拜托我替他实现这个诺言。"赵叔对她说他来找她的目的。"不了赵叔，不坐了——"她痛心得再也不能多说一个字。"那不行，我必须带你坐一次飞机，这也是我给你继父许下的诺言，我不能食言。"赵叔很凝重地说。

她没有再拒绝，就跟赵叔一起坐上了飞机。飞机"隆隆"起飞，离地面越来越远，一直飞到了白云之上。她望着美如仙境的窗外，仿佛感受到继父正在天上的某个地方望着她笑，有两行热泪悄悄地滑过她的脸庞。

◀ 掌 声

我是个报社记者，我写稿子没有华丽的语句，但总会被评价接地气。这就够了，我愿意做一个接地气的人。接地气的人不脱轨，起码不会脱了善良这个轨。

我有个小赵朋友工作在企业一线，自认为他也是个接地气的人，所以我们经常一起喝点，谈谈天说说地。

这天小赵说他的另一个小李朋友要请他喝酒，想叫我一起去。听小赵说过，他这个小李朋友非常怕老婆，没有不良嗜好，每个月工资全部上交，老婆每月给他一百元零花钱。但小赵说，小李绝对是个值得交往的人。

我对小赵说，今天我请吧，别让小李请了，他又没钱。小赵说，让他请吧，今天他去献血小板了，有了二百多块的交通费，够够的。

小赵说，小李听说献血小板既能救人，对身体也没伤害，还能拿到点小钱儿，就跑血站献去了。

小李看到我非常高兴，把菜单递给我。我把菜单递给了小赵。

小李说，赵那你就点吧，想吃什么点什么，以前都是你请我的，今天我请你好好吃一顿，别给我省，但是有一点，这事儿不能对我老婆说。

小赵笑着打了保证。

小李兴奋，喝酒也喝得猛，我们劝也劝不住。酒高话多，一直围绕他去献血这个话题说来说去，越说越得意，他还说以后每个月都去献一回，每个月都要请我们喝酒，让我一定给他面子。

小李正说得眉飞色舞，旁边饭桌上一个光头男突然站起来冲我们桌大喊了一声，小瘪三，你到底有完没完，都混成靠卖血来活了，你还活着有个啥意思。光头男脖子上套着串大佛珠，一看就不是善茬，别说是瘦瓜瓜的小李，就算皮厚肉肥的我看着都心颤。但男人是要面子的，小李站起身来便和他理论，我活不活碍你蛋事？光头男嚣张地接着骂，我就不爱听你个小瘪三说这个，我听着不舒服。说着还给了小李一脚。这样欺负小李，我和小赵都急眼，也跟光头男理论，可光头男兴许喝得太多了，根本不听我们说，觉得对付我们三个也不成问题，冲我们一起动开了手脚。一时，我们三个，他们三个，乱七八糟地就打起来了。

不知谁报了警，警察不一会儿就到了。打头的警察问清了缘由，然后问光头男，他惹你了吗？光头男不服气地说，我瞧他那小瘪三样就想揍他。警察问小李，你贵姓，是做什么的？小李说，我免贵姓李，是企业一线工人。警察转头对光头男说，他一个企业底层工人，去捐献血小板，挣了点零花钱请朋友喝酒，他何罪之有？光头男横邦邦地说，我就是看不惯他那小瘪三样。

光头男一句一个小瘪三，警察却不温不火地拍了拍光头男的肩膀说，尽管小李是个小人物，可在我看来他不是瘪三，他比起那些看起来高大上却成天坑蒙拐骗老百姓的血汗钱，在背后花天酒地的人要强无数倍。他不偷不抢不嫖不赌，他是去献血救人，这是满满的正能量啊，我们应该去发扬小李的这种高尚风格。倘若社会上多一些像小李这样的人，不但家庭和谐，对社会对人类文明也是一种巨大的贡献啊，这样的人难道不更值得我们尊重。你说呢，痞子兄弟？

掌声雷鸣般响起，当然也混杂着我和小赵的。

◀ 引 "狼" 入室

　　看起来，胡家老太是村里最享福的老太。她住小洋楼，坐真皮沙发，看六十多英寸大电视，吃山珍海味，你能说她不幸福？

　　胡家老太有六个儿子，分别叫大犬二犬三犬四犬五犬六犬。胡家老头那一辈儿兄弟七个，最后只落下了他一个，媳妇儿生了头一胎，就起了个"贱名"叫大犬。犬就是狗，叫小狗小猫的好养活。胡家老太一连生了六个儿，就二三四五六犬顺着叫了起来。

　　"贱名"就是好，胡家的六个儿全活了下来并武锵锵长大了。一个小羊一片草，六个犬各有各的生存之道，谁的日子都能过得下去。胡家老头早早地去了另一个世界，眼前一大堆孙男孙女，胡家老太也不孤独。

　　大犬做小生意，从外地拉葱姜蒜到本地批发，有一年走了好运，一年赚的顶十年。人往高处走，有了钱他不批发葱姜蒜了，到市里开了生产食品的公司。公司经营越来越好，他的心更大了，把公司开到了省里，如今他的公司已经成了跨国集团，五个兄弟也都成了集团的主力军。

男人有钱就变坏，胡家老太认为一点不假。大犬先跟家里的糟糠之妻离了婚，后来五个兄弟一个接一个地都离了，又都在省城娶了年轻漂亮的新媳妇儿。接着，家里媳妇儿生的孩子都被他们弄到国外上学去了，说是国外的教育好。胡家老太干着急生气也没办法。

胡家老太把六个儿叫"狼羔子"，把六个儿媳称"狐狸精"。"狼羔子"们叫她去城里住她死也不去，为了表示孝心就把家里的房子翻盖成了小洋楼。

当母亲的，嘴里叫得狠，心里也是软的，她就盼着"狼羔子"们多回家看看。可他们真是忙啊，一年能亲自回来一趟就算不错了，总让司机给往回拉东西。

一晃胡家老太就要过七十岁生日了，想想自己抚养六个儿的苦，觉得委屈至极。她在家一等二等"狼羔子"们也不回来，一气之下去肉铺里买了一块硕大的骨头穿了个铁圈挂在了自家街门上。看到的乡亲问她这是干啥？她怒不可遏地说，引"狼"。

这事儿一时就成了村民的"娱乐节目"。

大骨头白天挂在门口，晚上就不见了，大家认为是被野狗给吃了，或是胡家老太就是闹闹稀罕儿。结果第二天那块骨头又挂在了她的家门口，晚上又不见了。大家顿时明白，这是胡家老太怕狗吃了晚上给收回去了。

大骨头没引来胡老太的六个"狼羔子"，却引来一只花白相间的小流浪狗。那天胡家老太看见这只小狗正望着那块骨头一窜一窜地，知道它是饿了，就从家里拿了鸡屁股出来对小狗说，那骨头太大是喂"狼"的，这鸡骨头给你吃。吃了鸡骨头，胡家老太又给小狗喝了一包牛奶。从此那小狗就赖着胡家老太不走了，胡家老太也不赶它走，还给它起了个名字——花里片。

花里片俨然成了胡家老太的伴儿，每天和她形影不离。胡家老太每天早起头一件事是把屋里墙上的大骨头摘下来挂到街门去，最后一件事是从街门把大骨头摘下来拿回屋里挂起来。花里片就跟着她从屋里走出来，又跟着她从外面走回去，来来回回，日复一日，年复一年。它已不对胡家老太手里晃来晃去的大骨头眼馋了，它不再缺吃的，它的使命是保护它，不让别的狗把大骨头掠走。

六七年过去了，那块骨头颜色已经不再白，还裂了缝，可还是被胡家老太挂出来再收回去，收回去再挂出来，风雨无阻。花里片也长成了大狗，它很威武还能听懂老太的话，老太让它去叼啥，它屁颠颠就给叼回来了。

胡老太的身体一直都还好，身体没啥大病，六个"狼羔子"鲜见回来，可"狼羔子"的司机却时常过来照看一下，让她什么都不缺。她雷打不动地做了同一件事情，早上把那块大骨头挂出去，晚上把那块大骨头收回来。

村民都说胡家老太精神出了问题，但从表面上看，她说话做事又都挺正常的。总之，在那栋人人羡慕的小洋楼里，一人一狗一块骨头，凑成了一个和谐的世界。

◆ 梦幻之旅

　　大二时他谈了一个像公主一样的女孩儿。女孩儿从大城市来，家境好还是独生女，这意味着将来女孩儿家的一切都是她的。他也不错，长得帅穿得也不俗，有王子一样的派头，这一切都是当农民工的父亲为他换来的。父亲竭尽全力培养他，塑造他，想让他过上出人头地的生活。

　　国庆放假，他和女孩儿商量好了一块去"梦幻庄园"，那里都是像城堡一样的建筑物。他清楚自己囊中羞涩，先是反对，女孩儿的脸马上变得不好看了。"我看你就是个小气鬼，不舍得为我花钱。"女孩儿看透了他的小把戏。

　　"我，我，不是的。"他吞吞吐吐想为自己辩解。

　　"那就跟我一块去。"女孩儿霸道地命令他。

　　"好吧。"他只好答应。

　　放假前两天，他到一个角落给父亲打电话，电话响了半天父亲也没接，他在操场上装作慢慢跑步，跑了三圈，父亲的电话总算打过来了。

"咋不接电话？"他生了父亲的气。

"我在 27 层吊着贴墙砖，刚下来，咋啦？"父亲关心地问。

他鼓足勇气："爸爸，假期有个高研班，跟我的专业有关，我想报，就是，就是有点贵。"他早想好了理由。

"多贵？"父亲问。

"两千。"他答。

"不贵，报，咱报得起，明天中午我抽时间去给你打款，赶得上不？"父亲问。

"赶得上，"他高兴地说，"爸爸中秋快乐。"他又向父亲祝福了一遍。

"我给你多打二百，过中秋了，你也买点好吃的。"父亲挂了电话。

第二天中午，两千二百块钱准时打到了他的卡上，他想取点现钱带上，万一碰到需要的时候呢。

下午一下课，他便往附近的自助银行跑去。自助银行有三台柜员机，一台被一个穿着破烂的大叔占着，另一台可能坏了，贴着暂时不能使用的纸片，他到了闲着的那台，把卡插进去，按着输入密码，取出了五百块钱装进了兜里。

"小伙子，能不能帮我转一下钱，我弄不成。"他转身刚要走，那位大叔向他求助。

"能。"他说着就上前去。大叔秋衣的前后有好几个洞，他也没感到奇怪，父亲也穿这样的衣服，父亲总说，干活没个好赖，不称穿好的，穿一天赚一天。这位大叔可能也是这样的心理。

　　大叔给了他一张纸条，纸条上写着一个银行卡号，说在这个银行账号上转两千。

　　他在柜员机上熟悉地操作着，大叔就给他聊天，问他是做什么的，他说他是上学的大学生，大叔骄傲地说，儿子也是大学生，这两千块钱就是给儿子转的，儿子在这个假期要跟老师到外地研学，要一千五，给转两千，让儿子在外面宽敞点花。

　　大叔说着这些，他已经完成了操作，把钱转过去了，把卡退出来递给了大叔，"谢谢你了孩子。"大叔感激地说。

　　他有点走神，看大叔走出门才想起忘了说"不客气"。

　　"大叔的儿子是不是和我一样在说谎？"他这样想着，猛地一阵心碎，内心已经决定取消这次的梦幻之旅。

◀ 人间互暖

　　我买了一个小公寓，三十多平，麻雀虽小五脏俱全的那种。我不是没大房子住，而是家里有孩子太热闹，没办法安静下来。所以很多时间我会到小公寓去写东西，兴趣来了还会泡泡茶做做饭，感觉这是一段很惬意的日子。

　　我的南窗外是一个楼群，没有可欣赏的风景，可北窗外却广阔无比。东侧是一个新建的图书馆，正前方是图书馆的大广场，非常之大。再往前就没有什么了，仿佛远方有那么一个村庄炊烟袅袅，又仿佛是连绵不断的山丘云雾迷蒙。

　　我喜欢这种模糊不清的远方，神秘而又令人向往，可以看着远方没有任何阻挡地遐想。

　　写东西累了，我就会把窗子打开，把头伸出窗外，一是呼吸透心的空气，二是遥望远方的模糊。那种总也看不清总也不再想看的心情我无法用文字来形容，我却在这种眺望中度过了无数个日子。

今年6月，我惬意的日子突然被一个施工队的到来打破。据说是要在图片馆的广场上建一个体育项目，有游泳池篮球训练馆什么的。这样一来，每天就徒增了一些建筑工的嚷嚷声，机器的轰隆声，喜欢安静的我一时烦得不知所措。烦恼也不只是现在近前的热闹，还有它建完后会挡住我的远方，这让我感到极其可怕。

为此，我苦恼不已，也好一阵子没有去那个小公寓过写东西，甚至好一阵子我一个字都没有写，也写不出来。

转眼就到了秋天，我想，我不能再这样下去了，我得学会适应环境，如果不能适应环境，那我肯定会很快地被文字淘汰出局。于是我又迈进了我的小公寓，把屋子里里外外都收拾了一遍后，坐在书桌前，我开始了适应环境的尝试，希望早一点重新投入正常的写作之中。

一段日子不见，外面的体育项目已经建设到了两层。现在不只是嚷嚷声和机器声了，还有窗外那密密麻麻的钢筋让我像是得了密集恐惧症样的不舒服。我尽量地少去看窗外，我尽量地去南阳台去看没有远方的楼群。

真是煎熬的一段日子，到了冬天，我还是无法适应，但比起当初好了许多。于是我盼望着能下一场大大的雪，最好雪能有一人多深，这样眼前的建筑肯定就再也无法动工了，我也好安静一些日子，补回对前一段日子的损失。

好像我的奢望冥冥之中得到了神的助力，不久果真下了一场很大的雪，虽然没有一人多深，也超过了人的膝盖，破了这座城的历史纪录。

然而工地上并没有停工，反而是嘈杂声更浓了，他们弄了好几台机器前来对大雪进行铲除，一直忙乎了好几天。

就在这一天，工地上出事了，一个建筑工从四层的架子上摔了下来，钢筋戳穿了他的身体。虽然我在我的公寓，可这一刹那我并没有亲眼看见，是在物业群里看到的。物业群里纷纷杂杂，说什么的都有，大多是为这个生命不保的才十九岁的大男孩儿惋惜。

才是个十九岁的大男孩儿，这让我的心感到非常的不适。我的孩子也正好十九岁，如今他正坐在大学的课堂上学习，拼搏着可期的未来。同样是十九岁，这个被钢筋戳穿身体的大男孩儿却在外面饱受着风餐露宿的疾苦。我的心好痛，紧接着，传来了那个大男孩儿救治无效去世的消息。

就在这一天，我重新站到窗前看外面的世界——尽管大男孩儿是在这个工程上摔死的，然而这个工程并没有因为一个大男孩儿的去世而停止工作。

这就是现实的残酷。再看嚷嚷着的建筑工，再看那隆隆的搅拌机，再看那高高在上的吊塔机，我默默地为离去的大男孩儿，也为忙碌不休的建筑工落下了心酸的泪。

我想，那些人也在思念着家里的亲人吧，那些人也有着对七情六欲的热爱吧，可他们却不得不远离家乡和温暖的家在外竭尽全力地去为生活打拼，不管风雪，不管冬夏。

心酸过后，我的心突然平静了下来，也能安静下来写字了。休息的时候，我再次打开窗子，像是聆听一段特别动听的音乐一样，感受到了生命之美、劳动之美。忍不住拿出一张硕大的宣纸用毛笔写了几个硕大的字——对面工地上的建筑工兄弟，请务必注意安全。

我把这张纸贴在了的玻璃窗上，它很显眼，前面也没有任何阻挡，我想，只要那些人无意中的一瞥，就能毫无保留地注意到它的存在，我希望我的字能让他们感受到身在异乡的一丝丝温暖。

第二天，当我再次来到小公寓，坐在桌前写下一段文字时，又走到窗前向外观望。我惊喜地发现，那个高高的吊臂上竟然垂下来一个长长的黄底黑字的条幅——朋友：你的关心使我们感到很温暖，祝生活幸福。

就在这个瞬间，我感受到了人间最平凡的温暖。突然感悟：人间互暖，才是人与人之间最理想的相处方式，也是人间最高贵的人情味。

◀ 麦秸垛里的父亲

    小静在县城读高中，每三周回家一次。这次回家，吃饭时父亲突然问："闺女，你脸色咋这么难看？是不是学习压力大？"

    父亲的问话让小静有点慌，她昨晚跟赵莹偷偷去看电影，回来晚了睡不够脸色才不好看。她装作无奈地说："明年就高三了，学习肯定会紧张，下了晚自习多学一会儿再睡。"

    "不能光熬夜，把身体熬坏了还考什么大学，咱不求考什么名校，能有大学上就行。"父亲往小静碗里夹了一块肉心疼地说。

    只休一天半的假，小静像个瞌睡虫一样多半在睡觉中度过的。走时，父亲把生活费递到她的手上，有点难过地说："上次干的两个活儿都还没给钱，爹现在手头不宽裕，这个大周你省俭着吃，下周爹多给点再补回来。"

    小静数了数手里的钱，笑着说："这些钱已经够够的了，我现在不长个了，吃不了多少钱。"

    父亲把小静送出了门，她要到村口坐汽车到县城。走到拐弯处小静回头看，父亲还站在门口。冬日的寒风冰凉透骨，父亲瘦弱的身体裹着一个破旧的才到腰部的棉衣，显得楚楚可怜。自小静记事起就不记得父亲买过衣服，他总是穿哥哥的旧衣服。小静的心里很不是滋味。

母亲在小静两岁时就病逝了，父亲一个人拉扯着她和哥哥非常不容易。父亲是个瓦工，长年暴晒在外，皮肤粗糙黝黑，已看不到原来的肤色了。但为供两个孩子读书，他拼命地干活儿，从来没舍得过一个休息日。

回到学校的当晚，赵莹又撺掇小静去看电影，小静经不住诱惑就又去了。赵莹家是县城的，高一时走读，高二住宿了，睡在小静的旁边。赵莹不爱学习，总跟小静讲些县城的稀罕事，深山长大的小静很容易就被迷惑。一次晚自习后，赵莹说请她看电影，还说宿舍大门上那个小套门是不锁的，小静就跟她去了。学校的女生宿舍在学校对面的院内，院门是两扇木门，其中一扇上套着一个小门，只要小门不锁就可以进来，只要能回来，那就没什么可怕的。

电影的诱惑力极大，此后小静就经常跟赵莹一起出去看电影，每次看电影后的第二天都迷迷糊糊地上不好课，脸色自然不会好，成绩也跟着下滑。

已是三九天。这天晚上小静又跟着赵莹去看电影，回来时却发现小门意外地锁了。她们慌张地借着路灯在附近观察，发现附近有一个高高的麦秸垛。

"在麦秸垛里挖个洞待着吧，要不会冻死的。"赵莹无奈地说。

她们上前正要动手，赵莹突然看到麦秸垛后面已经有个挖过的洞。"哈哈，这真是有福之人不用忙。"赵莹开着玩笑说。

　　赵莹胆子大，先往里钻，可刚钻进去一点就"哇啦哇啦"惊叫着跳了出来，里面有人喊叫了一声。她们惊恐地看着洞口，果然有个人鬼鬼祟祟地从里面钻了出来。看到那个人，小静顿时惊呆了，因为那个人不是乞丐，而是她的父亲。

　　"大半夜你怎么在这儿？"父亲也很惊愕地问。

　　"我们在教室里多学了会儿，晚了宿舍大门锁了。"赵莹反应快，得知她是小静的父亲，替小静回答。

　　父亲自然是信的。"拿到了上个活儿的钱，我到省里给你大哥送了一些，他走时也带得不多，又想着再给你送点再回去，来回大几十里又得耽误一天，所以我就想在这儿待一晚，第二天给了你钱再走。"父亲说。

　　听着父亲的话，小静羞愧地掉起泪来。从那天起，无论赵莹再怎么鼓动她，她都没有动过看电影的心，因为什么都抵不过父亲对她的深爱。

◀ 一只羊

　　根本就没看到那只羊，只觉得车身"砰"的一声响，紧急停车下去看，羊就鲜血淋漓地躺在车的旁边了。刚开始它还有气，肚子一起一伏的，两三分钟后，肚子就平静了，毫无疑问，它死了。

　　一只羊也是一个鲜活的生命，我和宁琳都感到难过，但更多的是害怕，特别是宁琳，大把的泪水倾泻而下，证实了"笑的有多开心哭的就有多悲伤"这句话是多么的富有哲理。

　　十多分钟前经过一个距离超窄的分岔口，导航显得有点迷糊，只说前面进入无名路，并没有说要进入哪一条无名路。这一带都是山路，弯弯曲曲沟沟坎坎，一步走错就有误入险境的可能，还是打听一下靠谱。等了一小会儿，一个骑摩托车的男人从右边那条路开过来，我提前打开车窗向他招手，他停了下来，我问：帅哥，请问到"空中草原"走哪条路？他腾出一只手笑容满面地给我们指方向：左边，过一个村就到了。

　　开摩托车的男人一离开，还没等我把窗户全部关起，宁琳已经笑得合不拢嘴了，我也跟着大笑起来，她边笑边说：你竟然叫他帅哥，这简直是世界第一丑。宁琳说得有点夸张，不过他确实丑，脸黑、眼小、鼻子长、下嘴唇上翘，像是猿没进化好的那种。刚才叫出那声帅哥时我都在憋着笑，现在笑得更狂了，我们俩都笑出了眼泪，根本没看到那只羊是从哪个方向窜过来的。

和宁琳认识将近二十年，她是我最好的闺蜜，也是我最敬佩的人。她是一个山里妹子，只读过初中，十几岁出来打工，经历了被骗、带孩子逃离、居无定所、再婚被家暴、离婚独自养孩、创业、失败、再创业、买房买车等，比九九八十一难还要多，似乎已没有什么困难能够打败她了，我也从来没见过她掉过泪。大概是她太累了，生活安定下来后，她过早地进入了更年期，患上了焦虑症，特别是近期，患得患失，动不动就落泪，她都不知道自己为什么要掉泪。

这次出来是我提议的，想陪她散散心，前一秒一声"帅哥"把她逗的笑成那样，我还觉得很有功，后一秒就出了这样的事情。看宁琳默默地落泪，我赶紧收住我的慌张，安慰她：没事啊，大不了咱花钱买下这只羊，拉回去杀了吃烤羊肉。宁琳哭着说：要是人家不依不饶呢，就像鸡生蛋蛋生鸡一样宰咱们怎么办？

都说深山出刁民，宁琳说的这种情况也有可能，我看了看周围，空无一人，于是说：要不咱们把羊抬到后备厢吧，溜之大吉。宁琳摇头说：不行不行，咱们不能做那样的事。我说：那咱们就找找主人吧，听天由命。宁琳说：找吧，反正咱不能肇事逃逸。

正说着，只见一只黑土狗风一样向这边跑来，径直跑到羊的身边，看到羊死了朝我和宁琳狂叫，但它并没有伤害我们的意思，这已经吓得我们窜上了车。我们猜到黑狗和羊是一家，黑狗这是在叫它的主人。果然，不大一会儿，一位老大爷从一片庄稼地里钻了出来，还没等到大爷走到跟前，宁琳就下车不顾狗的狂叫向大爷迎上去，我也下了车，宁琳向大爷道歉：大爷这只羊是你家的吧，对不起啊，我刚不小心撞了它，它值多少钱我赔给你。

大爷没吱声，上前蹲下去看那只羊，发现真是死了，先是站起来严肃地打量了我们，大概是看到了宁琳脸上的泪痕，突然哈哈大笑起来：我早想吃羊肉了，念叨了好几回了，老婆子就是舍不得让我宰一只，看来你们是老天派来给我送羊肉的，我得感谢你们呢。

我们怎么都不会想到大爷会这样说话。听到大爷不怪我们，宁琳一下子破涕为笑了，她对大爷说：不行大爷，我怎么也要赔给你一些钱的，你有微信吗，我转给你。大爷摇头说：没手机，不用不用，你们是到山上玩儿吧，趁现在还凉快点赶紧去吧，一会儿就热了。大爷说着就弯腰去拖那只羊了，现在倒是宁琳不依不饶：不行大爷，我让你损失了，必须赔你的，你们家的孩子一定有微信，我转给他们。大爷拽起羊的两条腿一边往路旁拖一边说：不用赔不用赔，我的孩子们都不在家，你们快玩儿去吧闺女。

现在是网络时代，我们都是没有现钞的，大爷这样说，我们也没办法。宁琳瞅了我一下，然后走到车后打开后备厢，里面除了一包水和一些零食就是准备庆祝活动的一箱酒，我都来不及阻止她，她就把那箱酒搬了下来，放在了大爷身后，之后宁琳一个眼色使给我，我飞速上车，她急速启动了车子，当大爷发现酒时我们已经窜出去有一段距离，我们看到大爷搬着酒追了过来，边追边喊：闺女，这可不行，这可使不得，快停下——宁琳放慢了速度，打开车窗把头伸到外面笑着冲大爷喊：大爷，谢谢你，是你的温暖治愈了我的焦虑。

说完这句话，宁琳一脚油门，我们已开出去好远，后视镜内，大爷还搬着那箱酒呆呆地站在原地望着我们。美好如期而至，原来治愈就是一瞬间的事。

◀ 消失的摩托声

　　樊水是一个智力不健全的人。有一年煤矿特招了一批残疾子弟，他就被招了进来，分在煤矿办公区做门卫。他长得人高马大，两条腿稍微有些外撇，国字脸上一双眯眯小眼，鼻子和嘴巴都有点大，如果一笑，眼弯着嘴也弯着，看起来特别滑稽，然而他却又是那么好笑，像是他的生活中根本就没有烦恼的事情。

　　樊水总骑一辆摩托车上下班，摩托车是他父亲留下来的，因为年久，噪声特别大，可以称得上是矿区"第一响"。然而他却不在乎，照样骑得特别开心。

　　煤矿上有自己的生活区，都是一块工作的人，生活区里大部分的人都互相认识。樊水出生在生活区，也一直没离开过生活区，所以大家都认识他，他也都认识大家。每天骑着摩托车走在上下班的路上，他见谁就跟谁打招呼，该叫什么就叫什么，一点都不失礼。两只手不能离开摩托车的把，他就把脖子往外一伸，眼一眯嘴一张，笑着使劲地叫上一声，尽管摩托车的噪声总能盖过他给别人打招呼的声音，他还是一天天地照旧，像是生活中必需的程序。不过也没人在乎他到底叫了什么说了什么，只觉得他就是个傻子而已。

摩托车在八九十年代那可是最好的交通工具，矿工们几乎家家都有一辆，就像现在家家都有汽车一样。那时生活区的摩托车简直就是一个"大队伍"，来来去去在煤矿路上奔驰，成为煤矿路上一道"靓丽风景线"。"轰轰轰"，那声音一天都不会断档，代表着矿工的未来和希望，听起来也美妙动人。樊水的父亲也是那道"靓丽风景线"中的一员，他为买辆摩托车还跟樊水的母亲闹了三天的别扭，不吃不喝不上班，最终得胜。买了摩托车他有点得意忘形，不仅是上班，下了班也开着瞎跑，半年后就自己撞死了自己。那辆"肇事摩托车"也就当废物和不吉利的东西被扔到小房，多年也没人去碰一下。后来樊水长大了看上了那辆摩托车，他心里没有吉利不吉利这个概念，推到修理站把它修好骑了起来。因为他傻，他的母亲也没在乎什么，就由着他了。

现在整个生活区总共就有30多个骑摩托车的人了。这30多辆摩托车都和樊水的摩托车没两样，车破噪声还大，只要谁骑着车上班下班，整个生活区都能听到那种巨大的"轰轰轰"的声音，甚至人们都能听出这是谁的车，他是在上班还是在下班。如今人们富裕社会进步了，人们买了汽车的电动自行车，笨拙的摩托车慢慢地就被淘汰了。煤矿的工人也不完全都是富有的，他们的家里或许发生了这样或者那样的事情而过得比较紧张，所以没有买汽车，仍然骑着摩托车。也有一些矿工觉得摩托车没坏不舍得卖了废品，就一直骑着。

在早先的年代，似乎大家的睡眠都那么好，能吃饱喝足就能睡得好，只要一躺下来，外面的声音都是身外之物，都会被美好的梦所代替。如今，不知道怎么了，安逸的日子让人们的睡眠变得很不堪。有的人长期失眠，有的人玩儿手机玩儿到很晚才睡，可能他们刚睡着，外面就有骑摩托车的矿工下班了，瞬间又被吵醒了，简直是折磨人。可那又有什么办法呢？

有一个夏天的晚上，樊水上的是夜班，他走时还跟在楼下乘凉的邻居们打招呼，"轰轰轰"，本来早就吵的人们烦了，他还把腿叉在地上一个一个地"叔叔、阿姨、爷爷、奶奶"地打招呼，"快走吧快走吧——"大家赶着他走，他这才眯眼弯嘴一笑走人了。他一走，还有人说了一句："这傻子。"

就在当晚，出现了怪事，大家只看到樊水上班却没有听到他骑着摩托车下班的声音。"难道樊水像他爹一样出了车祸？"大家都在猜疑。早上到楼下一看，樊水的摩托车好好地停在楼下呢。"难道他的车安装了消音器？"这一天大家都在乱猜疑，可在晚上樊水骑车上班时，摩托车的声音还是那么大，一点都没有变。

"樊水儿，你晚上背着摩托车回来的？"在樊水跟大家打招呼时，有人开玩笑地问。

樊水眼眯嘴弯神秘一笑说："没背，我推着回来的，3单元4楼的爷爷病了，不能吵着他。"

说完，樊水一脚踩下去，"轰轰轰轰"，摩托车就往前跑了。

"他精着哩。"有一个人说，这时大家突然说开了樊水精的那一面,什么他礼貌了,爱帮助别人了,当志愿者了,不偷懒了……仿佛他根本不是个傻子,而是满身都放着光的人。

也奇怪了,从那天起,煤矿生活区深更半夜的摩托车噪声渐渐地少了起来,一天比一天少,半个月后就再也听不到了。仿佛商量好的一样,上夜班的矿工,从家里出来就把摩托车推到生活区门口再打火,下夜班的矿工,到了生活区门口就下来,然后推着摩托车回家。

如今的煤矿生活区,推摩托车的人也成了一道"靓丽的风景线"。

◀ 治愈乐队

伏天的气温达到了 40 度，快把人烤煳了。周末时，朋友小梁约我去他的山里老家避避暑，我高兴地跟他去了。

小梁的老家叫半垴村，都是石头盖的房子，也是政府重点保护的古村落之一。村里古树很多，空气干净清凉，人心也淳朴，所以小梁的父母不肯去城里，执拗地住在山里。

来到山里，人也舒畅了许多，不过在晚上却发生了点意外。我是搞写作的，到山里不仅仅是避暑，也图个静心，可是到了晚上，这里却格外热闹。我和小梁正坐在门口的石墩上探讨我写的一篇小说，不知从哪儿突然冒出来一个大音箱的声音，紧接着，有人开始唱歌了。听得出来，麦克风是接在音箱上的，声音大得出奇。这个人唱的是一首老革命歌曲，他开始唱起来还好，一点都不走调，可他唱着唱着就不好好唱，故意喊一句叫一句的，让人听了很不舒服。

第一个唱完了又来了第二个。第二个人也很奇怪，把整首歌都唱得走了调，像重新给这首歌做了一遍曲。接下来，我又听到了村民唱的很多歌曲，有男声有女声，有老的有少的，有声调粗犷的，有声调纤细的，都不怎么好听。这些人没有一个是好好唱的，稀奇古怪的声调，几乎不是唱出来的，都是大声吼出来的。音箱的大喇叭真是质量好极了，震得我脆弱的耳膜都想外鼓。

小梁不好意思地说："真对不起，本来是想让你来山里静心的，没想到竟然这样热闹，我真不知道现在村里的人是这个样子。"

我自然知道小梁是好心，赶紧说没什么，说静心就是不考虑其他的事，跟这个热闹没关系，然后又不明白地问："他们本来可以唱好的，可为什么都不好好地唱呢？"

小梁苦笑着说："我也不知道，村里人就好出个怪，可能就是想出个怪吧。"

小梁正说着，只听又一个人唱了起来，听着像一个六七十岁的老爷们，唱的居然是一首儿童歌曲《捉泥鳅》，还故意粗一声细一声的，我突然被逗得笑出了声，只听小梁突然说："我怎么听着像我爸唱的？"

"不会吧，大伯那么正统一个人，怎么会唱这样的歌。"我否定地说。

小梁让我仔细地听，我听了几句，也觉得是大伯，随后小梁不高兴地说："我得说说我爸，你说他都这么大个人了——"

我安慰着他说："老人高兴就好，别计较那么多。"

小梁就觉得在我面前父亲丢了他的面子，一直唠叨他父亲不该这样，还说他父亲以前很懂得识大体，肯定是山里太封闭才让他变成这样的，所以他一定要说服父亲去城里住。

小梁没有心情了，我随他进了屋。山里就是好，屋里连电扇都不用吹，窗户一开自然风凉爽通透，我想要是没有村民们的吼歌声，这个晚上应该是很美的一个夜晚。屋里的"吼"声小了一些，我和小梁又接着聊天，聊着聊着，才感觉到歌声不知什么时候已经停止了，村里又恢复了之前的安静。

"吱嘎"，我们听到了开院门的声音，是小梁的父母回来了。小梁说，我出去一下，我不让他去，可也拉不住他。我知道，小梁是要去"训"父母的。想到他们父子之间的事我也不好参与，就没有动。只听小梁出门就质问："爸，刚才唱《捉泥鳅》的是不是你？"

只听大伯"嗯"了一声。确定了是父亲唱的，小梁便奚落他："爸，有一个成语叫为老不尊，你知道是什么意思吗？"

儿子这样说父亲，大伯不高兴了："我唱个歌怎么了？我唱个《捉泥鳅》怎么了？给你这个公家人丢人了是不是？嫌我丢人你可以不回来。"

从父子俩的话中就可以听出来，他们平常的关系也没那么轻松，我赶忙走出去劝，我还没走出去只听大娘说话了："小子你咋能不问青红皂白就说你爸为老不尊呢，他这是为了治那孩子的病，他是在做好事儿。"

小梁不明白地问："哪个孩子？什么病？"

大娘叹了下气说："你丙良叔家那个小栓子，得了抑郁症。"

小梁问："那个到城里上学的小栓子吗？他得了抑郁症跟唱

歌有什么关系？"

大娘点头，接着说："这一句两句也说不清，正好你这个作家朋友在，咱们坐下来说吧，说不定能写篇好文章呢。"

原来是有故事的，我顿时来了兴趣。大娘在院子里点了一条用来熏蚊子的黄蒿绳，说起了小栓子的事儿。

小栓子的父母在城里打工买了房，在3岁时被父母接到城里，如今都小学快毕业了。不知怎么的，孩子得了抑郁症，成天不高兴，还为这儿休了一年的假，父母带着他到北京到天津到上海的，钱花光了也没看好，所以他爷爷丙良就把他接回了家，希望在农村能让孩子快乐起来。爷爷从小带着孩子，知道小栓子爱听歌，一听歌就高兴，就买了个大音箱还有无线话筒，天天在门口给小栓子开演唱会，期盼着小栓子早点好起来。开始大家都是当稀罕看，只有丙良自己唱，慢慢地大家都掺和进去了，每天都有人去唱，还起了一个有意思的名字叫"半垴村治愈乐队"。大家故意稀奇古怪地唱，为的是逗小栓子高兴，他们还搞比赛，大家自愿凑钱买啤酒，谁要是能把小栓子唱笑谁就能得到一瓶啤酒。

大娘说到这里，站起来把供桌上的一瓶啤酒拿过来说："你看，今天你爸就把小栓子唱笑了，他得了一瓶啤酒，天热，小韩给你喝了吧。"

我没接那瓶啤酒，我说大伯好不容易才得到的，还是让他喝。这时我看到小梁的脸色很难看，他尴尬地向父亲道歉："爸，对不起，我错怪你了——"

大伯没有说"没关系"，而是笑着说："孩子儿他娘，去拿四个杯子，咱们四个一起把这瓶啤酒喝了，共同祝小栓子早日康复回城里上学。"

　　于是我们共同干了一杯祝福的酒。天上的星星眨巴着眼睛，像是在同我们一起祝福。我想，有这样的"治愈乐队"，小栓子的病一定会好起来的。

◀ 你是一名真正的战士

　　十八岁那年，我因为没考上大学，心里憋着一股闷气，从此萎靡不振。母亲每天只管唠叨："一个农村女娃娃，考上大学的有几个，考不上大学就咋地啦，哪个女娃娃像你这样，成天像得了绝症似的……"

　　父亲一向少言寡语，又惧怕母亲的唠叨，开始是默不作声的。后来的一天，父亲硬要带着我去地里给红薯锄草，说是让我与大自然亲密接触接触，说大自然对治疗内伤有着神奇的疗效。

　　父亲是读过几年书的人，说话总带着些许文化气息，反正我在家也没意思，就无精打采地跟着父亲去了地里。父亲在前边锄，我就在后面心不在焉地跟着，脑子早不知道想什么去了，总是把红薯苗都除掉。看我老这样，父亲有些生气地说："看你那没出息的样儿，难道除了上大学都没有别的出路了吗？"

　　"除了做个农妇，我还有什么出路？"我委屈地哭了。

　　"做农妇怎么了，你看现在的农妇不也挺好吗，相夫教子有什么不好，本来就是一个女人应该做的。你要真觉得做一个庸俗的农妇不好你可以做一个新时代的别人不一样的农妇，你可以搞发家致富。如果你还是不感兴趣的话，你可以去外面的世界去闯荡一番，你不是想当一名作家吗？一个作家不是非得上大学才能实现，如果你有足够的信念、经历和拼搏精神，也会实现的。"

父亲的这番话惊醒了睡梦一样的我，是啊，我的爱好是文学，不是每一个作家都上过大学的，我可以到外面的世界去经历，我可以一边经历一边写作，也许真的能实现我的理想呢。可是我行吗？说真话，我不确定我行。那时候不像现在，有着众多的行业可以选择，出去了我能干什么呢？想了想，我有一个初中同学一直在外面的鞋厂打工，就从她家要了地址打算去找她。

我和父亲始终瞒着母亲我们的计划，要让母亲知道我要独自到外面的世界去闯荡，母亲死也不会同意。一是家里两个男孩儿就我一个女孩儿，二是一字不识的母亲骨子里根本接受不了一个女孩儿跑到外面去，在她心里女孩儿没有随便往出跑的资格，那是被世俗所不允许的。

父亲叫我写了一封信留给他们，信中隐瞒了他怂恿我离家出走的真相，到时母亲会让父亲念给她听。随后父亲偷偷地塞给我从别人家借来的一百块钱，以早上锄地为由把我送到了村口。我要在村里坐汽车到县里，再由县里坐汽车才能到城里。在等汽车的时间，父亲背着那个背了多年的柳筐，微驼着背站在我身旁，我几次催他走吧，我自己等就可以，他就是不肯走，他坚决地要等我上了车再走。

过了一会儿，汽车还没有到，父亲慈爱地喊了一声我的小名："凤儿。"我转头看了父亲一眼，似乎看到了他绷紧的嘴唇微微在颤抖，像是有什么话要说。于是我问："爹，你是不是想对我说什么话？"终于，父亲把微微颤抖的嘴唇张开了，一字一字不紧不慢地对我说："凤儿，你一定不记得你两岁时得的那场病，你出了满身的疹子，连续高烧了三天，我叫了村里的赤脚医生来，赤脚医生开了些药让你吃，可你娘把药喂了你，你的烧还是没有退下去，你都成昏迷状态了，后来我又叫来了医生，医生说，让我们做好准备吧，你恐怕不行了。当时你娘哭的都快晕过去了，我安慰你娘说，别听赤脚医生的，他也就点三脚猫功夫，我们的凤儿是一名真正的战士，她什么也不怕的，她一定会好起来。结果在第四天，你真的就好起来了，一个星期后，你全身的疹子都没了。凤儿，以后无论遇到什么困难，一定要记住爹的这句话，你是一名真正的战士，没有什么困难可以把你打倒。"

这是自打我记事以来父亲说的最长的一段话了，我深深地记在了心里。

到了城里，我的同学早已不在鞋厂干了，我没能找到她，正好，城郊有一个新建的方便面厂要招工，我便报了名，随后被录取了。在工作期间，一闲下来我便开始写一些小文章，然后想方设法地投出去。由于我缺少阅读、经验与历练，发表的也是少之又少。后来我在厂里遇到了一个对我非常好的当地男孩儿，人在异乡很容易被感动，两年后我们结婚了。结婚前我带着那个男孩儿回家见了父母，也得到了父母的肯定。可是好景不长，当我的儿子两岁半时，丈夫又遇到了比我更好的女孩儿，我决然地带着儿子离开了那个家到了城里，租下房子把孩子送到了幼儿园。我在一家广告公司找了一份编辑广告的工作，尽管工资不是很高，可这一段却是我创作成绩最大的阶段，我不断地发表文章，也渐渐地有了自信。再后来，我靠这些文章进了一家企业做宣传工作，成了一名名副其实的白领，至今一直工作在那里。

一个人带着儿子生活，遇到的困难数不胜数，特别是最初，夜晚经常会做噩梦，或梦到大水把我和儿子淹没了，或梦到我和儿子孤零零走在可怕的深夜无处可去……可我始终没能忘记父亲的那番话，父亲让我铭记，我是一名真正的战士，没有什么困难可以把我打倒。

双亲现已将近八十岁，特别是父亲，依然是精神矍铄的样子，但偶尔也会像个孩子一样给我们撒娇，不要干什么非得干什么。我经常会打电话给他，把他传授给我的经验又传授给他："请记住，你是一名真正的战士，你永远不倒。"我听到了父亲爽朗的笑声和回喊："我是一名战士，我永远不倒。"

我能想象到父亲一手拿着电话，一手举着拳头喊话的样子，他是那么可爱，就像我们小时候他看我们的样子。

◆ 祝　福

那是一列最普通绿皮火车。火车上嘈杂而又拥挤。到站了，下去的不多，又上来一大批人，唧唧吵吵前扑后推。

一位穿旗袍的中年妇女和一位满头白发的老太太挤在人堆里，好不容易才在 15 号车厢第一排座位的位置站稳了脚。

她们应该是母女。母亲背靠在第一排座位的侧面，女儿面对着母亲，双臂把母亲的上身搂在怀里护着。女儿的身体特别宽大，母亲的身体却特别娇小，这个母亲的头正好贴靠在女儿的胸前，看起来这个女儿像是个怕丢了妈妈的孩子似的。

火车已开动了多时，妇女不时向车厢内张张望望，大概在搜寻有没有空闲座位或是空隙大一点的地方可以使母亲舒适一些，可她的搜寻却是徒劳毫无意义的，车内没有那样的空间。

过了一会儿，母亲身旁一个大学生模样的女孩儿坐不住了，她站起来说："阿姨，让老奶奶坐这儿吧，我站一会儿。"

妇女脸上立刻表露出丰富的感激之情，随即说："真是太谢

最
美
的
化
妆

谢了！"

　　这句话浑厚而又粗犷，并且让这个让座的女孩子很清晰地看到了她脖子上的喉结。可以肯定地说，不仅仅是这位女孩子，周围人的眼神都透出了不一般的惊讶，甚至是对这个"妇女"的讥笑和鄙视，有一对小情侣竟然"扑哧"一下笑出了声。

　　"妇女"安排好了母亲，抬起头来。她或许已经感觉到了"现场"的目光，或许没感觉到，也或许已习以为常，她的表现沉着而坚定，再次向这位让座的女孩子道谢："真是太感谢了！"

　　让座的女孩子说着没事儿，应该的，脸上却呈现出一副不自在的尴尬相。"妇女"这时把目光转向母亲说："妈你累了，靠着睡会吧。"

　　母亲却依恋地拉起她的手，然后摇头说："不睡，睡着了我闺女就走了，我就再也找不到她了。"

　　"妇女"冲母亲笑着，她一笑，脖子的喉结更明显了。她慈爱地对母亲说："以后再也不走了，咱们回家开个理发店，天天在一起。"

　　母亲怀疑地问："闺女，你真不走了？"

　　"妇女"肯定地说："真不走了，你放心睡吧。"

　　母亲这才放了心，靠在了座位上，手慢慢地松开了"女儿"，没多久，打起了浅浅的呼噜。

　　母亲睡了，"妇女"看了看大家，不好意思地说："打扰大家了。"

　　这时竟有一个不识趣的男人忍耐不住了，他问这个"妇女"：

"你到底是男的还是女的？"

"妇女"的脸立刻变了色，但他并没有生气，而是虔诚地回答了他："我是男的，因为我母亲才穿成这样的。"

"你母亲怎么了？"又有人问。

"我母亲有精神病，是想我妹妹想的，我妹妹已经失踪20年了，我和我妹妹是双胞胎。"

大家的眼神似乎有了些许转变，"妇女"接着解释着："我母亲精神病发作时叫着我妹妹的名字到处乱跑，有一天在她发作时我突发奇想，找出我妹妹的衣服穿上，她竟然不跑了，还笑了，上前抱住我喊我妹妹的名字。从那儿以后，我就变成了这个样子。"

又有人问他："你做什么工作呢？"

"以前没怎么好好干过活儿，能干什么就干点什么，现在什么更不好干了，我到南方学了三个月美发，把母亲寄养在了舅舅家，现在是要把她接回去。"

嘈杂的 15 号车厢顿时有了少顷的沉默，接着是一片由衷的祝福。

最
美
的
化
妆

◀ 做　梗

　　吴晓飞是河南人，却在新疆打工。其实近地方也能找到活儿干，他就是想多挣点钱。父母都七十多岁了，身体不是太好，却还在老家种着地。妻子带着两个孩子在县城住，为的是让孩子上个好的学校。全家的重担都他一个挑着，他必须拼命地干。

　　吴晓飞惦记老婆孩子更惦记家里的老人，老人不会用微信，他三天两头给老人打个电话问候一下。每天都抽空跟老婆孩子用微信视频聊天，他要求老婆每周带着两个孩子回去看看父母，能帮着干点啥就干点啥，再给老人带点营养品。他怕老婆心疼给父母花钱就安慰她说，你一周回去四趟，一次买上一箱奶和一只烧鸡只不过花上七八十块，四次也就三百多块，我一个月能挣一万多，零头都用不完。老婆说，你放心吧，我舍得，每次我买得比你要求的只会多不会少，我懂得孝顺父母。老婆这样说他就放心了，他庆幸自己娶了个懂事的女人。

　　有一晚他给父母打电话，母亲好像有什么话要说，可是父亲截了母亲的话像是不让说的样子，这让他很着急，他逼着父母问，到底有什么事？母亲终于说了，她说这两次翠霞拿回去的东西跟以前拿回去的东西不一样了，是不是翠霞不高兴他们什么了才把那些东西弄得破拆拆的？他问弄成什么样子了？母亲说，那牛奶的盒子好像是被剪刀戳过的，四处都破烂了，那烧鸡的肉也好像被有意撕摞过，还有一袋黑芝麻糊，袋子也是坏的。不过母亲一直嘱咐儿子不要问媳妇儿，老人忍不住说了出来可是又怕两口子为他们闹矛盾。

听完这话吴晓飞的火气一下子就上来了。原来老婆是明一套暗一套的，表面上应承，心里却不愿意才糟蹋拿去的东西，这分明是在给公婆闹难看。可是他离家那么远，要是真打电话揭穿她，她会更生气的，不但夫妻关系不会好，对公婆就更不会好了。他想了又想，还是抽空回去一趟，已经半年不回家了，也该回去看看了。

他选择周六早晨偷偷到家，因为周六老婆要带着孩子们去看父母，早上肯定已准备好了给父母带的东西，他要抓现行，如果她真是那么对待父母，那他就不走了，就在当地找个活干，挣钱少点也不能看着父母受老婆的慢待。如果严重了，离婚也在所不惜。

周六早上他按自己规划的时间顺利到家，直接拿钥匙开门进了屋。他一眼便看见老婆要带给父母的一箱牛奶，果然是大洞小洞的，他气得当时就发了飙，翠霞你这是干嘛，给父母买点东西你值当吗，你她妈还想不想过了？丈夫猛然回来本来老婆是要惊喜的，没想到刚看到第一眼就被劈头盖脸地骂了，委屈的泪水一下子就流下来了。吴晓飞冷冷地说，怎么？你还委屈了？要不是亲眼看到这箱奶我还以为你是天下最孝顺的儿媳妇呢，原来你都是伪装。老婆似乎更委屈了，也不解释跑到卧室哭去了。这时，两个孩子从屋里跑了出来，大女儿指着牛奶问，爸爸你说的是那箱有破洞的牛奶吗？那是妈妈有意戳上洞的。他问为什么？女儿说，爸爸你根本不知道，村人有人对我们透露，我们每次拿回去的东西爷爷奶奶都舍不得吃，都拿到小卖部换成了钱，说是要给儿子攒钱买房子，为了让爷爷奶奶吃了这些东西，妈妈就想出来这个办法，这样弄坏小卖部就不要了，爷爷奶奶才能自己吃掉。

　　吴晓飞一下子后悔了自己的冲动，他一边心疼父母一边心疼老婆。他赶紧跑到卧室去哄老婆，老婆梨花带雨地捶着他的肩说，你把我当成什么人了，我有那么坏吗。他笑着抱住了老婆说，你是天下最好的女人，快准备准备，我们现在就回家看老人。两个孩子在门口为他们的合好拍起了手，他们俩竟然害羞地都脸红了。

◀ 父亲的企望

"小虎，快来洗澡，咱爷俩一块洗，你给爸爸搓搓背，爸爸也给你搓搓背，快来呀，爸爸等着你呢。"这是一位刚进入而立之年的男人，他声音洪亮，脸色沧桑，穿戴简朴，没等儿子小虎进洗手间他便抢先躺进了白花花的没有水的大浴盆里，衣服也没脱，闭上眼睛特别享受的样子，还吹了几声口哨。

儿子小虎并没有来，男人也没有失望，从大浴盆里爬出来，看了马桶一眼，随后解开腰带方便了一下，冲了水，一直看到水冲完才离开洗手间。他直接进了卧室。

房子有 80 来平，装修得也不豪华，可以说是简单，普通的地板砖，普通的装饰门，连家具都是相当普通的。卧室里有两个柜子，一张床，还有一个写字桌带书柜。"小虎，别光知道看电视，快来写会作业，你一定要好好学习，将来考个好大学，最好是考清华大学，也让你老爸在人前露露脸。"男人脸朝客厅喊了一声，也不在乎儿子听到没听到，转身躺在了床上。

床也是很简单的木床，没有床垫，铺着一床棉褥，棉褥上面铺着一条新的棉床单，床单是全红色的，看起来很喜庆。男人成大字形躺在床上，穿鞋的脚搁在床外，眼睛瞪着头上的顶灯，做了一个深呼吸后从床上起来，用手把褶皱的床单抹平，向阳台走去。

阳台开着窗户，一阵秋风猛吹进来，男人感觉到了凉意，他推开窗纱往外一看，天空布满乌云，还听到有隐隐的雷声，这是要下雨了。他伸手摸了摸阳台上晾晒着的衣服和床单，已经干透了，他转身又冲客厅大喊："媳妇儿，你干啥呢，衣服床单干透了也不收，你不知道秋天会返潮吗，真是懒呀你。"媳妇没理他，他也没勤快，大步走出阳台向客厅走去。

客厅里一个人也没有。"这娘儿俩又疯到哪儿去了？"男人自个嘟哝了一句，使劲地往沙发上一坐，还故意把屁股往起弹了一下，又斜着身往下一躺。

"砰砰砰"，男人刚躺在沙发上没多久就有人敲门，他从沙发上一跃而起，几乎是蹿到门口的。

门开了，进来的是一个比他要年轻的男人，细皮嫩肉的，一看就是个读书人。"不好意思师傅，我忘带钥匙了。"年轻人说。

"买了吗？"男人问着话，神情显得有些慌张。

年轻人把手里的东西递给男人，笑着说："师傅，你看这个对不对，不对我再去换。"

男人拿过东西看了看说："应该对，我试试。"

男人拿着那个东西在坏了的水管处借助工具捣鼓了一阵儿，再把水管的阀门打开一试，水管不漏水了。年轻人竖起大拇指说："专业的就是不一样，佩服。"

"这有啥可佩服的，你念书念出出息才让人佩服，我是没本事才到城里来干这个，你看你都在城里买了房子。"男人很沮丧地说着，往洗手间走去。

"我也没本事，大学毕业都好几年了，刚买了这个二手房，还是贷款。"年轻人显得有点不好意思，拿了钱递向男人，"师傅，给你钱。"

男人从洗手间里洗完手出来，拿住钱看了一眼，又拿了一张给年轻人："给十块钱吧，也没费啥事儿。"

"那怎么行，说好了二十的，大老远的你骑着自行车过来也不容易。"年轻人没有接。

男人还是给他递着："十块就行。"

可小伙子说什么也得给他二十，男人把十块钱扔到桌上，小伙子又塞到他的手里。

突然，外面电闪雷鸣，紧接着，雨"哗哗哗"地就下起来了。

"外面下雨了，师傅你先坐会儿吧，我给你泡杯茶，等不下了再走。"年轻人客气地说。

"不了，我得赶紧回去，我们租的房子漏雨，媳妇上次就对我说了，我早给忘了，这一下雨想起来了，得赶紧回去弄弄。"男人说着就往外走。

年轻人速度从卫生间拿了把伞追到门外说："师傅，雨下得太大了，给你把伞吧。"

"不了，我有雨披。"男人"噔噔噔噔"地快步跑到楼下，从车筐里拿出破旧的雨披披在身上，骑上自行车闯进了茫茫风雨中……

◀ 金屋藏母

　　那晚大伟喝醉了，晕晕乎乎往家走，少上了一层，掏钥匙开四楼的门。"廖大伟你干吗，这是四楼。"他老婆佳丽一声大吼把他吼清醒了，意识到自己上错了楼，乖乖跟媳妇上了一层回到了自己的家。

　　后来，佳丽越来越觉得不对劲儿，一是丈夫老从窗户往下看四楼。二是她真见过四楼住着一个漂亮女人，还注意到她经常往楼上看。于是佳丽就越发地联想到丈夫喝醉那天的事："丈夫是真把钥匙插错了还是金屋藏娇呢？"

　　四楼装着一个黑色防盗窗，防盗窗外弯的部分搁着几盆花，有茉莉花、君子兰、仙人掌，还有含羞草。含羞草是丈夫很喜欢的花草，他父亲活着时养过两盆，丈夫天天像个孩子一样跟含羞草玩儿，手一碰，它就合上，他说特别有意思。后来他父亲找了个老伴去女方的家里住了，花也搬走了。丈夫非得把含羞草留下，佳丽不喜欢养花，硬是不让。如今四楼却养了丈夫喜欢的花，还故意摆在显眼的地方，明明是摆给情人看的，这不是奸情是什么。

为了找到两人通奸的证据，佳丽每天半夜偷着查看丈夫的手机，来电去电，QQ，微信，她都看个遍，始终没有找到一丝线索，但她根本不死心。有一天半夜她再翻丈夫手机时发现有了密码锁，这让她把丈夫的被子给掀了，她责问他："你老实告诉我，是不是外面有人了，就是四楼那个小妖精？"看着佳丽一头猛兽的样子，丈夫生气地扯过被子说："大半夜里无事生非。"

佳丽气急败坏了，朝他喊起来："你有外遇，就是四楼那个骚狐狸，为了方便约会，你故意让她租了下面的房子，那天你根本没开错门，你是没想到我正好逮住你。"

丈夫愣了一下，突然冷笑起来："真会编故事，我不想和你说了，很无聊，我想睡觉。"

佳丽也冷笑了一声："你要想离婚你就提出来，我一定会答应你的。"

佳丽说得越来越不离谱，特别说到那两盆含羞草，这让大伟伤心地哭了起来。

大伟父亲在锻炼身体时和一个跳广场舞的老女人好上了，还闹着要和她结婚。大伟觉得父亲多半辈子不容易，这样可以让他有个幸福的晚年，佳丽却不同意，还嘲笑老人花花心肠，大伟和她理论，她竟然哭诉大伟没本事，不能买一个单独的房子给她住，父亲愿意怎么样都行，可这么小一个单元房，再住进来一个陌生的女人，她们怎么过呢？大伟想想也是这理儿，就和父亲说让他算了吧，家里住着太紧张。父亲一听这话笑了，说他和女友早就商量好了，他搬到女友那里住。可父亲的幸福生活只过了三年，肝癌就夺走了他的命。这还不算，佳丽也不让父亲的灵棚在家里打，还拿离婚威逼大伟，大伟实在没办法，一切的程序都省了，从医院直接进火葬场，然后和母亲合葬在一起了。

大伟在佳丽面前边哭诉如何对不住父亲，佳丽却认为他是拿这个糊弄她，认定他就是金屋藏娇了，说要是不心虚就带她去四楼问个清楚。

"大半夜去敲别人家的门，你发什么神经？"大伟真是生气了。就这样，两口子从半夜吵到天明，佳丽还是坚持让大伟带着她去四楼问清楚。

这怎么能说得明白呢，难道非得去敲人家的门才能完结吗？大伟感到万分的困难。两口子别扭了几天，佳丽一张离婚协议书递了过来。大伟不签，佳丽就嚷嚷着要他说清楚。大伟想了想，把勇气鼓足了，拉起佳丽的手下了一层，然后伸手去敲门，他敲了十来下也没人来开门。佳丽开着阴冷的玩笑说："还敲门干吗，直接用钥匙开不就得了。"

大伟还没说话，只听一个声音从下方传过来："他有钥匙的，让他用钥匙开。"

佳丽扭头一看，正是四楼的漂亮女人，她手里掂着一兜子的菜。听到她说这样的话佳丽以为这是向她挑战的信号，张口就骂上了："你个狐狸精。"

漂亮女人并没有生气，而是上楼用钥匙开了门请她们进门，说是进去就什么都明白了。为了弄明白，两口子进了屋，只见一位花白老太太戴着老花镜正在看报纸。老太太一转身，大伟和佳丽都惊呆了，原来这个老太太正是父亲结婚的伴侣。

漂亮女人坐在老太太身边说："这是我母亲，她非常爱你们的父亲，你们的父亲在临死前对我母亲说，他最不放心的就是他的孩子，他希望我母亲守得你们近一些，时常能了解你们的生活情况，那样他在地底下也踏实。我母亲是个认死理的人，她几次求我搬得离你们近一些，我正好打听到你们楼下要出租，就这样搬到这儿了，把你父亲生前喜欢的花也搬了过来。房子隔音不是太好，我母亲倒是很高兴，这样能听到你们的动静，她就可以给你父亲唠叨你们了。我母亲怕你们看到她反感，也不敢出门，就让我每天给她买东西上来。"

听到这话，大伟更觉得对父亲有亏欠了，蹲在地上哭起来。佳丽呢，也不再吵吵了，也低下了头，说着对不起。漂亮女人把他两口带到她母亲的卧室，他们看到，父亲的遗像端端正正地放在桌上。此时此景，大伟"扑通"一下跪在了父亲的遗像前，一直哭着说："爸爸，对不起，对不起。"

从那天后，大伟家里真有了一把四楼的钥匙，楼上楼下亲如一家人了。

最美的化妆

◀ 最高的赞赏

　　仿佛昨日还是废墟，一眨眼的工夫，已耸立起一片高高的楼林。楼房刚封顶，每个楼房的侧面都从房顶向下垂浮着多条长长的红色飘带，飘带上是一些庆祝性的标语。

　　大部分工人都聚集在最前面的一栋楼上干活儿，这栋楼最高，共17层。大家分着工在赶进度，有刷外墙漆的，有安装门窗的，有订空调架的，有擦玻璃的，还有零零落落的活儿都得有人在干。从上到下，架子上几乎每层都有人。地面上也有人，他们有的在挖沟，有的在铺路。

　　远远望去，紧张施工的工人影影绰绰，楼上的工人像是一只只飞转的小鸟，楼下的工人像是一尾尾游动的小鱼。

　　工头今早开会给工人们加油："同志们可要加把劲儿啊，这一栋楼的活儿干完了我给你们放假，让你们带薪回家跟老婆孩子团圆几天。"

　　工头的这一承诺无疑是激励人心的，充满向往的。这批农民工青壮年居多，从开春到现在，半年多没和老婆孩子亲近了，那种煎熬想必大家都能感受到。一时，这些年轻人特别兴奋，干劲儿十足。但干活儿却掩饰不住他们那颗激动的心，嘴也就闲不住，互相逗乐。

五十五岁的老良和别人有所不同，一是他年岁长于同伴，二是没有老婆孩子，他是一个光棍汉。老良的双亲早已仙逝，兄弟姐妹也不劳他来惦记，他可谓是一个无牵无挂的人。

老良其貌不扬，生性沉寂，与同伴很少言语逗乐，听到大家的说笑，他依然默默无声，面无表情地干着自己手中的活儿。老良很少受到同伴的关注，似乎他根本不存在于他们中间。

"老良，你没老婆，你回家干嘛？"

问话的是最为年轻的那个，他去年年底刚结的婚，出来时可算新婚宴尔，大概要和新媳妇见面了过分激动而一时又找不到可以宣泄这种过分激动的心情，才突然冒出来这么一句问话。

老良不声不响地抬头看了一眼这个年轻人，脸上并没有表现出异样，手脚也没有异样的动作，像先前一样一本正经地回答着他提出的问题："我回去收庄稼。"

老良的回答离这个年轻人想要的答案甚远，年轻人一下子没了兴趣，又和别的同伴斗嘴去了，顿时笑声四起。老良还是那个仿佛不存在的老良。

老良在擦玻璃，他自己站在一个窗户的架子上。工头说，只要把上面显眼的脏东西擦掉就行，不用那么认真，可老良擦得还是那么认真，像干自己家里的活儿。老良的手上上下下左左右右地来回擦拭着玻璃，合着大家说笑的节奏，像是在为说笑的同伴打着节拍。

然而不幸在此时像凶猛的野兽悄悄地到来了，就在老良蹲着又站起来的一刹那，他脚下架子上的一块木板猛然地松动了一下，老良还没来得及看怎么回事，他的身子已随"嘎吱"一声响失去了重心斜倒下去。

"都快闪开。"

这是老良留在世上的最后一句话，他似乎喊出了今生所有话语拧结在一起的力量。

楼下的同伴们就在闪开身体的瞬间，眼看着老良和身体像冰雹一样重重地往下落，往下落，然后重重地落在地上……

那一刻，几乎所有的人都落泪了。

同伴们落下的泪，像是一颗颗金贵的豆子，是对老良最高的赞赏。

◀ 还 乡

自从滋生了网约车，出租车越来越难干。从早上到中午才挣了六块钱。

当下的大环境，六块钱一碗拉面都不够。反过来说，六块钱在家里却是天大的事，买包烟媳妇儿看我的脸色都好像我沾上了毒品，吼我，怎么又花这么多？

耐着性子，终于转到了一位男乘客。他的目的地是市里的凤凰小区。

县城距离市区二十公里，算是远路了。我一颗冰冷的心开始春天般复苏。

乘客瘦高，短发，脸色蜡黄，背一个旧军背包。与众不同的样子。他把脸贴近玻璃窗，眼神一直朝外，好像外面有他欣赏不尽的风景。

刚进市区，乘客突然提出，要到市区的寺院看一看。

我说，那样绕远，费用也就高了。

他憨然一笑，不怕，该给多少给多少，你放心吧。

我巴不得他绕远儿呢。

到了寺院附近，我把车停在路边说，先生你先把车费付了吧，我在这儿等你。

他怀疑地问，到了吗？

我说到了，那五排阔气的红瓦房便是。

他还是存在疑问，原来不是这样子的啊？

我说，你不是当地的吧？寺院早就重建了。

他说，我都二十二年没回过家了。

我好奇地问，你为什么不回家？

他的表情瞬间凝重起来，沮丧着说，我回不了家，欠了别人一大笔债。

话题太沉重，我不再问下去。我说，你可以先付账下车进去看看。

他却摇头说，走吧，不进去了。

接下来，我又在他的指挥下转了几个景点。和看寺院一样，他只在车上看，不下车。

最后到了公园。我还有点职业道德地说，公园就在你家门口，不如你先回家，改天吃饱喝足再出来转，别浪费这个钱了。

此时他情绪饱满，眼底迸发出两道亮光说，我想看看再回家，我已经等了二十二年，我再也等不及了。

我看到他眼底的亮光又变成了两缕清泉，顺着他蜡黄的脸庞滑溜下来。

我拉着他沿着公园的四周慢慢走。他惊讶地问我，公园的围墙什么时候拆的？我答，拆了好多年了。他又问，那不买票了？我答，早就不买了。他感慨道，真好，老百姓真是越来越幸福了。

　　到西门时，他说他想去里面看一下，要求我作陪。身不由己，我指着计价器说，就按这个价位收，下面的路不算费用了。

　　我和他边走边聊。他说，公园变了。我也随和着，时间这么久了，什么都会变的。他说，是的，都在变，一切都不是原来的样子了。他接下来的话让我感到震惊：师傅，不妨告诉你，我是一个杀人犯。十八岁那年，我年轻，疯狂，鬼混，打架，不务正业，什么坏事我都干。后来在这个公园打群架打出了差错，把人打死了，进了监狱。

　　他像没看见我惊愕的目光，继续讲：我毁了别人，也毁了自己，更毁了两个家庭。二十二年呀，我父母看起来已经老得不成个样子了，脸上皱纹深得像树皮，头发全白了。他们每次看我都哭。他们告诉我家里改造分了三套房，一套卖了赔偿了对方，还有两套，盼着我早点回家成家立业呢。

　　他蹲坐下去，捂着脸泣不成声地说完了这段话：可是，两套房对我来说还有什么用呢？我一个犯人，房子再值钱也买不回我的一个脸面啊，我还有什么脸回家呢？

　　说完他哭得更放肆了。我快速组织了一下语言，拉起他说，浪子回头金不换，两套房是多好的资本啊，这么好的地段，你卖掉一套足可以成家立业了。现在国家政策这么活套，只要你肯努力干，丢掉的面子都能风风光光赚回来。

他抬起泪眼问我，真的吗？

我坚定地说，当然真的，不信你可以试试。

他破涕为笑，我要试试。

我们俨然像一对哥们儿走出了公园。到了他家小区门口，他借我手机要打电话让父母把钱送下来。我郑重地对他说，你的车费免了，快回家吧哥们儿，父母等你都等到白头了。

他说，那不行，你一定等我，我马上把钱送下来。

看他进了小区，我掉转车头，走上了回家的路。

◀ 狐狸尾巴

　　约好了十一点半在天桥公交站见面的，见了面先去旁边吃"辣鸭头"，然后再去看一场爱情电影。可我已经姗姗来迟，男朋友小天还没到。我给自己规定，他若在五分钟之内能赶到的话我就不会怪他。因为生活不是算术，总得允许有个误差吧，何况他坐的是公交车，堵个车啦上下人啦时间也没那么精确。

　　小天人长得不错，就是条件差了点，家在农村，父母种地，要说买房买车，以他现在的工作状况看，十年八年都没有指望。不过我心里有底，我是独生女，父母都经商，房子车子票子一样也不缺。只要他是个好男人，只要他一心一意地爱我，一切都不是问题，我的全是他的。半年来，他对我知寒知暖倍加呵护，我还是比较满意的。但闺蜜阿莹一直警告我，才六个月，怎么能看出一个男人的本质，他给你的还都是好的一面，据说坏的一面也就是六个月后才暴露，狐狸尾巴马上就要露出来了，不信你就往下看。

我现在就是正在往下看的阶段，看小天到底有没有狐狸尾巴。我坐在公交站牌的座位上，看路上车来车往，看人群熙熙攘攘。一分二分三分四分五分，我从包里拿出手机看，手机安安静静的，没有微信信息也没有未接电话。小天辜负了我的期望，像阿莹说的，他的狐狸尾巴终于露出来了，他是一个不守时的男人。

一个男人不守时就是不守信，不守信就是不真诚，不真诚就是不牢靠，不牢靠就是不安全，一个不能让女人安全的男人还能要吗？不能，坚决不能。我流下了悲伤的泪水，失望的泪水，后悔莫及的泪水。

我的心已经冰冷并且渐渐结冰，但是我依然没有动，依然坐在那里。我知道，我对他还有最后的一丝期望。可是，时间又一分一分地过去了，他还没出现。我果断地擦干了泪水，走上天桥，我在天桥上仰望着天空，天空中正飘浮着几朵蔚蓝的白云。我对白云发誓，我不要他了，即使他有一万个理由我也不要他了。

我在天桥上就那么站着，不听话的泪水就像我小时候调皮的样子，又滚了下来。这时，令我浑身打颤的电话响了，却是个陌生的号码，我果断地拒绝了。此时我不想让任何人来骚扰我，我只想哭，哭完我的委屈回家一个人看一遍《失恋三十三天》的电影，之后振作起来重新开始。

电话又响，还是那个号。我又挂。又响又挂。后来，来了一条短信：是我，小天，快接电话，急死人了。电话随后又来了，我犹豫了片刻，接了，我说："还有什么好说的，我们分手吧。"

小天喘着气："我着急和你见面忘了带手机了，我借了路人

最美的化妆

的手机给你打的电话。"

我说："你不用打了，我已经走了。"

小天的气喘得很粗壮的样子："你听我解释，今天堵车还不算，我还坐过了四站地，本来想赶紧打车的，可车堵的打车没跑着快，我就跑着过来了。你在哪儿，快告诉我，我马上去找你。"

这是多么笨蛋多么愚不可及的一个男人啊，手机忘拿，还坐过了四站地。我愤怒地说："狐狸狐狸，以后别再骚扰我了，你不是以前的那个你了，我也不是以前的那个我了，我们从今天起再也没有任何关系了，谢谢老天让我看清了你。"

小天迷糊地问："你说什么呢这么难听，你听我解释，我真的不是故意的。"

我依然坚持："不听。"

小天还在坚持，不管我听不听依然解释着他的："有一个坐轮椅的残疾人，他轮椅的轮子坏了不能固定，在车上跑来跑去的很危险，我一直帮他扶着轮椅，直到他下了车。"

瞬间，我的心像是坐在炉子上的一壶冰，从零度慢慢融化，而后竟然沸腾起来。我梨花带雨千娇百媚地对他说："小哥，你的狐狸尾巴真好看，上来吧，我在天桥上。"

◀ 有骂同当

　　周末又让全体加班，一个都不能少，大家满腹怨言。员工在一楼，领导在三楼，员工一边干活一边交头接耳叫苦连天。

　　"我男朋友好不容易才答应一块儿去游泳的，就这么泡汤了，太伤自尊了。"陈青委屈地说。

　　"女朋友刚答应让我去见她父母的，她们家里的酒菜都准备好了，加班加班加班，女朋友直到现在还跟我赌着气呢，我死的心都有了。"这是赵磊。

　　"我本来想带孩子一起去看电影的，电影票都买好了，听说加班又退了，孩子老不高兴了。"这是做了妈妈的李倩倩。

　　为了泄愤，赵磊把空调开到 15 摄氏度，仿佛多费单位几度电才解气。尽管外面是大热的三伏天，气温达到了 41 摄氏度，办公室里却冰冷如冬，他们把冬天的工作服都从柜子里找出来穿上了。

　　办公室临街，即使坐着，街外的一切也尽收眼底。大家坐在电脑前干活儿久了，都愿意到窗口去看一看。天空透蓝，太阳火球般悬在那儿，云彩好似被烧化了，消失得无影无踪；路旁，那些被称作绿化的大树小树都蔫不唧的样子，像是没完成作业被罚站的孩子，连头都抬不起来了；地上，唱着"东方红太阳升"的洒水车一遍又一遍地走来走去，水一着地像洒在了火上，马上变成热气腾腾的蒸汽飘走了。

终于快熬到吃饭的点儿了，领导从三楼打来电话说，已经给大家订了外卖，每人一大份咖喱饭，外加一大杯透心可乐，让大家先稍加歇息，等候就餐。

等午餐的空儿，大家都在玩儿手机。陈青不知从哪儿弄来了一段黑色幽默给大家念："买了一筐鸡蛋，回来以后变成小鸡了；买了一张凉席，回来以后成电热毯了；打了一桌麻将，还没热乎就糊了；买了一辆汽车，不用打火就着了；路遇一陌生人，相视一笑就熟了。"

李倩倩也来了一句："有人说，你永远叫不醒一个装睡的人，听完我就笑了——你把空调关掉试试。"

一时，大家被逗得哈哈大笑，笑声不断。笑了一会儿，大家的肚子开始"咕咕"叫了，又开始埋怨：怎么外卖小哥这么慢？

随着时间一分一秒地过去，大家肚子里的"咕咕"声响得越来越勤快，都成了"青蛙"栖息地了。外卖还没踪影。这时，领导亲自走下来安慰大家："都少安勿躁啊，再等等，可能今天订餐的太多了。"领导刚说完，他的肚子也"咕咕"一声叫，大家"扑哧"都笑了。

领导坐下来与大家一起等。有了领导在，大家也不开玩笑了，各自很安静地玩手机。

终于，领导的电话响了，是外卖小哥到了，不过他找不到楼口。

领导也急了，狠狠地批评他："我说你怎么这么笨呐，我叫过多少回外卖，人家都能找到，怎么就你找不到？我不是说得很清楚吗？西口进来往东最里面那个口。"

"咚咚咚"，大家都像打了兴奋剂一样从座位上起身往门口跑。门一开，领导就劈头盖脸地批他："怎么回事儿，我们都快饿死了，以后再也不订你们的饭了。"

外卖小哥喘着气一脸的抱歉，笑着说："对不起，让大家久等了，外卖小哥在路上中暑晕倒了，我是把他送到医院后替他送过来的。"

领导的脸涨红了，但肯定不是热的，只听他问："还有几家没送？"

"外卖小哥"看了看手里的单子说："还有两家。"

领导看了大家一眼，对"外卖小哥"又幽默了一把："这两家由我来送吧，有福同享，有骂同当。"

这时大家都静默了，相信大家心里都是同一种感受。

◀ 寒冬小街

    时节刚过小雪，寒气还没能彻底入侵，严重的雾霾时刻侵害着老百姓的身体健康，但这似乎并不影响一条小街的繁荣。小街在城内略显古老，小街两旁，关于吃喝拉撒睡的应用物品应有尽有。

    我是两年前搬到这一带居住的，搬到这儿完全是为了方便宝贝女儿上学。两年前女儿小学毕业，千方百计弄进了小街附近这个据说相当可以的学校。由于工作忙接送女儿不方便，就地买了一套二手房。每天，女儿走着上下学，省心又省事儿。

    那天加班，回家已近晚九点，平常热闹的小街已显得异常冷清，偶见三三两两的情侣挽着胳膊踱步而过。刚走过拐弯处，忽然感觉肚子有些异样的疼痛，很明显，这是来例假的前兆。望了望周围，大小超市已经关闭。惊喜的是，眼前路灯下竟然蹲坐着一个卖卫生用品的女人。虽然平时我并不在小街小摊上买没有保证的卫生用品，此时却没有选择的余地，还深感幸运。

"卖一包卫生巾，质量最好的。"我没下车，按下玻璃窗冲着女人说。

女人站起身我才看清，她怀里还搂着一个已睡熟的孩子。母性使然，我连忙下车："大姐你别动了，我下去。"

女人像没听到，更没接我的话，或者接了因她嘴上隔着一层口罩阻挡了她发出的声音。她把孩子轻轻地放在了堆着卫生纸的三轮车上。我走到三轮车跟前，顺便看了一眼孩子，孩子躺在车上的两大包卫生纸上依然睡得十分香甜。

"这么冷的天，孩子不盖会冻着的。"我像在对她说，又像在自言自语。

这次女人似乎听到了我的话，但没回声，而是从车下拿起两大包纸搁在了车上，挡住了孩子弱小的身体。她的举动让我觉得可笑又可怜。

"我买一包卫生巾，质量最好的。"我重复了一遍说过的话。

女人从车上孩子的身边拿下一包卫生巾递给我，我给了她十元钱，她找给我五元，我没接。我说："再给我拿包纸吧，也要最好的。"

女人还是不吱声，随手把车上刚才盖在孩子身上的一包拿下来给了我。

"再给你多少钱？"我问她。

"十块。"她回答。

女人终于说话了，可她说出的这两个字怪怪的，说得不好听点，像太监。不管她说话像什么，我总算在心灵上有了丝丝安慰，买这包多余的纸也算怜悯这对母女了。

车子启动之后，我从车窗向外瞅了一眼躺在三轮车上仍睡熟的孩子，不禁说了句："天不早了，看孩子冻着，早点回家吧。"

女人冲我点了点头，挥了一下手。

除了那次应急，我没再买过小摊上的卫生用品，那对母女却像有特殊引力一般经常出现在我的视野。无论什么时间，女人都戴着一副大白口罩，在固定的那个位置蹲坐着。她女儿很乖很可爱，四五岁的样子。有时女儿会坐在母亲的一旁写作业，有时会帮助母亲整理物品。

就在半月前，我中午下班，碰到城管开着公车在小街上执行公务。小摊小贩们跑的跑，逃的逃，那对母女也推着车跑在中间，女儿在车上晃来晃去想要掉下来的样子，母亲心疼孩子放慢了速度，城管的车便堵住了她们。车上迅速跳下三四个城管，要她交罚款，女人使劲挣扎，一个城管在女人挣扎时不小心缠住了她的头发，她的头发便整个从头上滑下来，露出了光光的头顶。车上的小女孩儿突然下车在城管跟前跪下了，声泪俱下地求饶："城管叔叔，我求求你们了，别给我们要钱了，也别打我爸爸，我爸爸有病，需要很多很多钱才能治好，所以才扮成女人来卖卫生纸的，你们放了我爸爸吧，我求求你们了……"

几个城管的心软下了，扔下一句话："好了，你们走吧，以后别在这条街上卖了。"

女儿从地上拾起假发，想往父亲的头上戴，父亲拿起假发扔到了车上，把女儿抱上车，在人们诧异的眼神中渐渐走远……

我再也没见她们母女出现在这条小街上，不，是父女。我想，小女孩儿的父亲应该又戴上了那头假发出现在某一条没人认识他们的小街上，和他的女儿相依为命吧。

愈渐愈寒的季节，不知他们父女可好？

◀ 一瓶洗发水

　　小双在东大街开着一个小商店，卖些比较便宜的日常用品。小双夫妻是农民工，丈夫干装修，她为方便照顾孩子就在老街开了这个小商店。

　　这天中午经常捡破烂的瘸女人又拿着个破袋子过来了，她直接到了小双的店里。她身上很臭，小双就往出赶她，可她不走，走到柜台前看了又看，指着一些洗发水"咿呀"起来。原来她还是个哑巴，小双问："你要买洗发水吗？"瘸女人笑着点头。她拿了一瓶"醉花香"牌子的放在了柜台上，向她伸出了一个手掌，这是告诉她五块钱。

　　瘸女人从裤兜里拿出来五块钱给了小双，然后从袋子里拿出来一个空瓶子，把刚买的"醉花香"洗发水往空瓶子里倒。

　　原来她还有精神病。小双看她倒完了就往出轰她："赶紧走吧。"

　　瘸女人只傻乎乎地笑，也不走。她把倒好的洗发水放进袋里，又从袋子里拿出了一瓶飘柔，把飘柔到真空了"醉花香"的瓶里。

小双不懂她搞什么名堂，问她："你什么意思？"

她指着外面跳皮筋的几个孩子"咿呀"了几下。小双听不懂她在说什么，她急了，边咿呀边在自己头上比划。

小双问："你说那几个小姑娘吗？"

她点头又在头上比画、小双问她："你是说那个扎两条长辫子的小姑娘吗？"

她惊喜地点头。

那个小姑娘叫露露，她父母也是农民工。小双不懂她指露露干什么，又问："她是我邻居家的孩子，她怎么了？"

瘸女人拿着"醉花香"洗发水走进屋把洗发水放在了货架上，然后又出来指露露。

小双想把露露叫过来问问怎么回事，瘸女人却不让她去叫，她抓起柜台上的笔在手上写："不要。"

她居然识字。这就好办了，小双拿出一张纸说："你想干什么，写出来。"

她一笔一画地写起来："lulu 再来 mai 洗发水，五元把这 ping mai 她。"

小双懂了，对她重复了一遍说："你是说，露露再来卖洗发水，五元钱把这瓶洗发水卖给她是吗？"

她点头，又在纸上写下了几个字："千万不要 gao su 她，求你。"

小双觉得好奇，便问她："为什么不能告诉她吗？"

她拿着笔在纸上写，写了很久，会写的写字，不会写的就写拼音，小双知道了她的大概意思。

　　她是露露的亲生母亲。她以前不是哑巴，还曾读过书。因为腿残疾，她嫁给一个比她大很多岁的老光棍，可丈夫脾气不好，经常打她，她怀着孕时还打她。有一次丈夫掐住了她脖子，她忍无可忍，抄起一把水果刀，一失手把他杀死了，她的嗓子也是那时坏的。她被判了刑，在监狱里生下女儿后，孩子被送到弟弟家抚养，弟媳不愿意养竟然把孩子卖了，她出狱后一直在找露露，找了好几年，经历了千辛万苦终于有了女儿的下落。

　　小双被这个女人的故事打动了，觉得这个女人好可怜。她不再讨厌她，反倒同情起她来。小双让她去告她的弟媳，把女儿要回来。她哭着摇了摇头，在纸上写了她的想法：她没能力养活女儿，也给不了女儿幸福，现在看到女儿过得很好，养父母对她也很好，她很安慰，她只要能经常看到女儿就很幸福。

　　瘸女人又讲到那瓶倒换过的洗发水。她的意思是，她知道女儿爱臭美，所以她想看到女儿的长发能顺顺溜溜的，女儿经常来这里买洗发水，而这里的洗发水并不太好，她这样做是不希望女儿知道她的存在，而她又能帮助到女儿。她要小双能够帮助她，而且永远都不要告诉女儿这个秘密，让女儿快乐而无负担地健康成长。

　　小双也感动地流下了眼泪。

◀ 回　头
....

仿佛一切都是顺其自然的，无可改变的。就像饿了要吃饭，渴了要喝水，孩子幼儿园毕业了必须进入小学，顺着未来的方向书写她的成长轨迹。

女儿穿戴得像个城堡里的公主，扎一条马尾，粉红的小脸，水晶般的眼睛。女儿蜷坐在后座，被大包小包的衣物包围着。所有该带的都带了，她不会让她的小公主受到丁点的委屈。

女儿自小住贵族幼儿园，这也是没办法的事。婆婆和妈都已去世，剩下两位老人父亲阿尔茨海默病公公年事已高，如今都在养老院。每隔一段他们一家三口就去看一看老人。两位老人见到他们脸上就笑开了花儿，如两个顽童，围着他们一家团团转。尤其父亲，眼看着熟悉的面孔一个个都从他的记忆中慢慢消失，伤感备至。他曾老泪纵横地对女儿说，我怕时间久了见不到你，会连你也不记得了。当时她痛苦不已。

她们的生意一直还好，他们夫妇每天都气宇轩昂地周旋在生

最美的化妆

意场上。她想，丈夫一人毕竟身单力薄，她想和他一起再拼搏几年，当有了足够的资本坐享其成可以让女儿未来的日子衣食无忧了，她再退出江湖。

宝马车一如既往地奔驰在贵族学校的路上。年轻自信的妈妈手拿方向盘眼望前方从后视镜窥视她的小公主。小公主眼睛微闭小嘴轻张，上下薄唇间露出起伏的牙床。想象到女儿因没有门牙说话透风的情景，禁不住暗笑。

红灯的时候，她叫女儿，小欣，和妈妈说说话。女儿一激灵睁开双眼，长长的睫毛眨得像蝴蝶的翅膀。女儿问，妈妈，到了吗？妈妈笑答，没有，等红灯呢。女儿又问，妈妈，贵族学校离咱们家很远吗？比到养老院里还远吗？红灯变绿汽车行动起来，她答，是的很远，但是学校条件非常好，你一定会喜欢的。女儿说，妈妈，多长时间接我一回，还像在幼儿园时吗？妈妈答，不，你上小学了，两个星期才能接一回。女儿"嗯"了一下说，我知道了。

妈妈的心倏地痛了一下，半晌她问女儿，小欣，你觉得幸福吗？女儿问，妈妈，什么叫幸福？妈妈答，就是特别高兴特别快乐。女儿突然很低沉，半天不说话。妈妈急问，怎么了？妈妈在后视镜中看到女儿摇了摇头说，我不知道怎么回答妈妈的问题，我不喜欢住学校，我喜欢每天和爸爸妈妈在一起。妈妈的心又痛了起来，她安慰女儿，小欣，爸爸妈妈忙着照顾生意没时间接你，所以才让你住校的。女儿说，我在幼儿园时每天都在楼上的窗户那儿往下看，别的小朋友都被爸爸妈妈接走了，为什么别的爸爸妈妈都有时间呢？妈妈答，那是因为爸爸妈妈和别的小朋友的爸爸妈妈工作性质不一样，我们做生意会挣更多的钱，让你上最好的学校，给你买最好看的衣服，你要什么就有什么。女儿乖巧地说，我知道了妈妈。

妈妈有些酸楚地问，小欣，妈妈爸爸没时间陪你，你恨我们吗？女儿又摇头说，不恨，你们做生意忙。女儿的乖巧使她很欣慰，她说，小欣你真是妈妈的乖女儿，真懂事，你要听话好好学习，将来一定比妈妈更有出息。妈妈说着竟然抽泣起来。女儿站起来安慰妈妈，妈妈你别哭了，我会好好学习的，我长大了也要挣很多的钱，比你们挣的还要多，我要把你们送到最好最好的养老院。

宝马车"吱"的一声停在了路边。妈妈有些不能自已，她想哭，大哭。女儿的话让她突兀地想到养老院的两位老人特别是痴呆的父亲，又让她想到了自己的未来。她不想让女儿看到她的脆弱，她把眼泪咽到了肚里。

仿佛眼前的一切又是违背自然规律的，能够改变的。白菜干了疙瘩还能拱出嫩芽，腐烂的木头还会长出臕肥的木耳。样样东西都会烂，可样样东西都会有改变，她为什么不能。老人可以不住养老院，女儿完全可以不住学校。她把头伸出窗外望了望天空，空中晴朗无云，天很高很远，她的心突然一片广阔。顿时，她心里也长出了碧绿的苗子。她启动了车子，调转了车头，奔驰在回归的路上。

◀ 萝卜长在树上

　　张春在当地报纸做副刊编辑。平常除了编稿子也爱在朋友圈里写点感悟之类的小文章。朋友们总是给他点赞，夸他文笔好有深度不愧为文字大师之类的。看到这些赞叹，他心也跟着飘飘忽忽的。

　　这天他回农村老家跟当村支书的父亲坐着闲谈起他的小文章，还说到总有人夸他文章写得好。父亲一针见血地说："现在假脸儿太多，他们想让你发他们的文章当然得使劲儿恭维你巴结你了，不信你可以胡写一篇文章试试，他们照样会给你点赞。"

　　张春很不高兴父亲的说法儿，觉得父亲这是在贬低他，就不服气地说："写就写，我就写萝卜在树上长，苹果在地里长，这样胡说八道的文章一定会有人指正我的。"

　　父亲笑着说："试试吧，能指正你的那才是可交朋友。"

　　说写说写，他写他家种着一地的萝卜，硕大的萝卜在树上结的滴溜奔拉甚是好看。还有他家种着一院子的苹果，苹果在地里

最美的化妆

长得又红又圆，刨出一个洗干净一尝，甜的嘴巴都张不开了等。

这次张春就是胡写，写得连上小学的孩子都会说这是胡说八道，然后他发到了朋友圈。果真像父亲说的那样，不到五秒钟就有了十来个赞，有个朋友评论他写的意识超前，未来一定是他向往的样子，最可气的是竟然有个经常在报纸上发文章的作者评论他写的是童话作品可以与文学老前辈叶圣陶的文章相媲美。

下面的评论张春再也看不下去了，这简直就是胡说八道，比他还胡说八道。他相信了父亲对他说的话，觉得这个世界真的是太假太假了。他气愤地正要删了这篇文章，电话突然响了，他接了电话，只听对方急歪歪地说："张记者，你快点过来一下，我家邻居有个重大新闻。"

记者对新闻线索是十分敏感的，赶紧问："什么重大新闻？快说说。"

对方说："我家邻居两口子吵架，还打起来了，他们家的吉娃娃小狗向着女主人，竟然扑到男主人的脖子上把男主人咬死了，现在公安局都来了三辆警车，你——"

还没等对方说完张春就觉得是个好新闻，一定得抢在前头，于是要了对方的地址，火急火燎地往出事儿地点赶。可是到了那个地方，一切都安安静静的，像什么都没有发生。按说发生这么大的事件，还来了三辆警车，一定得热闹得不得了，他想一定是自己记错地址了。

张春赶紧打电话给提供线索的那个人，那个人问："你来了？"

张春说："来了，你说的地址到底对不对，怎么一辆警察也

最美的化妆

看不到。”

那个人"扑哧"一下笑了，说："你也不想想，一只吉娃娃小狗怎么能把一个人咬死呢，除非这个人是个植物人。"

张春觉得受了侮辱，生气地说："你怎么能这样欺骗新闻媒体记者，真是太没有素质了。"

那个人却笑着说："比那一群给你的萝卜苹果占赞的差多了吧，哈哈，你别在意啊，我和你一样，就是逗着玩儿玩儿而已。"

◀ 孝　顺

　　夫妇俩一生共生了八个孩子，三个夭折，剩下三男二女。他们努力地养育着其余的五个孩子，日子过得相当艰辛。还好，孩子们健健康康地长大且成人成家了。不管老俩吃过多少苦受过多少难，家里再一贫如洗，可看到五个孩子过得很好，他们也感到非常欣慰。

　　马上就进入十月，天气渐渐变冷，夫妇俩的五个孩子聚到了一起商量，要给父母填补点什么东西。

　　大儿子说："天冷了，我想给爹娘买个冷暖空调，大个的，据说这个冬天很冷，也让他们不再受冻，夏天还可以制冷，他们肯定会很喜欢的。"

　　二儿子也不示弱："你既然买空调，那我就给爹娘买台全自动洗衣机，老人家的手脚不利索，以后就再也不用动手洗衣服了。"

　　三儿子想了想说："我给爹娘买个冰箱然后再买个微波炉，这样他们的生活会方便很多。"

大女儿说："平时我也没给爹娘买过衣服，我就给他们买几件好看又暖和的棉衣服，爹娘穿上肯定会让别的老人都羡慕他们有孝顺孩子。"

二女儿说："爹娘爱看电视，总是跑到别人家看戏曲节目，我就给他们买个大电视，液晶的，三十二寸的，让他们遥控器拿在手里，想看什么台就看什么台。"

五个孩子商量好后，各自买上孝顺爹娘的东西一起来到了爹娘的家里。

大儿子说："爹娘，我给你们买了个冷暖空调，爹你识字，看看说明书就会用了，千万别舍不得用，电费我给你付。"

二儿子说："爹娘，我给你们买了台全自动洗衣机，你们只要把脱下的衣服放进去关盖开机，一会儿衣服就洗好了，它'吱吱'一叫你们拿出来晒上就行，可省事啦。"

三儿子说："爹娘，我买的是冰箱和微波炉，用起来很方便，剩下的东西全部放进冰箱，想热饭放微波炉一分钟就好。"

大女儿说："爹娘，我给你们买了几件衣服，可好看呢，一定要穿上，多在别人面前走几圈，炫耀一下自己。"

二女儿说："爹娘，你们一直想有个电视，这不，我买了，这么大个，你们可以躺在床上随便看，不用串门去了。不要担心电费，我多给你们些钱就是了。"

夫妇俩看到儿子们送来了这么多自己见也没见过的东西，高兴得都合不上嘴。老太太激动地哭着说："老头子，孩子们这么孝顺这可是头一次，咱们真是上辈子积了多少德才换来的呀。"

老爷子的身体都颤抖了，摸摸这个，看看那个，眼花缭乱，不知说什么更不知做什么了。

孩子们知道父母会激动，还在念叨着："爹娘，你们以后缺什么，就对我们说，我们都会买给你们，都是自己孩子，别不好意思张口。"

老爷子的身体颤抖地轻一些了，才想起什么事儿来，赶紧对老太太说："老婆子，平常见孩子们个面都不容易，现在都来了，快去做饭去，做孩子们最喜欢吃的，咱们也吃顿团圆饭。"

老太太也突然醒悟，笑着说："你看我，光顾高兴了，把这事儿都忘了，我马上去。"

老太太走了几步又折回来，眼里流出悲痛的泪水说："老头子，孩子们吃不上我做的饭了。"

老爷子疑惑地问："怎么了？"

老太太无奈地叹了口气："我们都高兴糊涂了，我们和孩子阴阳相隔啊。"

◀ 楼梯里的父亲

　　这是父亲第一次进城，他是随我到城里来治腿病的。

　　父亲的腿病是年轻时干活太重落下的毛病，如今我大学毕业有了工作首要的任务就是给父亲治腿，但是父亲不肯来，我知道他是怕花钱，我是拿不娶媳妇威胁父亲他才肯来的。

　　医院的大楼有十五层，父亲站在门口望着眼前的高楼感叹："这楼盖得真气派，这么高的楼我们怎么上去呀？"

　　我答："里面有电梯，只要站在里面就可以了。"

　　父亲只是轻轻地"哦"了一下，没再往下问，就跟我进医院，然后到了电梯门口。我按了电梯的门，好大一会儿，电梯才从上面下来，门开了，等里面的人都出来了，我拉着父亲走进了电梯，紧接着又走上来两三个人。

　　我关好门，电梯开始上升，父亲突然扶了一下头说："不行，我头晕，想吐，我要下去。"我没想到父亲这么晕电梯，我赶紧在二层扶父亲下了电梯，让他在二楼的休息椅上坐下休息。才刚休息一会儿，父亲就指着楼梯口问我："那儿是不是可以上去？"我点点头。父亲说："我不坐电梯了，我要从那儿上去。"我为难地说："爸，我们看病的楼层在十楼，走上去就累死了。"父亲却兴奋地讲："我年轻时有一句话，叫楼上楼下电灯电话。电灯电话我都不稀罕了，我还真稀罕爬爬楼梯。十层算什么，咱村那西山我都能上去。那电梯要坐你坐，我不坐了，再坐我就死里面了。"我无奈地说："好吧，我陪你爬楼梯。"

我们父子开始一层一层地往上爬。我搀着父亲，生怕他摔倒，每爬一层，都问一声累不累，累了就坐电梯。父亲总是笑着说："不累，感觉好着哩，回家我还得向街坊邻居们炫耀呢！"

……

终于爬到了十楼，我陪着父亲做了检查。医生说，没多大的病，就是风湿性关节炎，不用住院治疗，拿点药吃就行，平时注意休息。我听到这个结果心轻松了许多，按医生的处方拿了些药，又和父亲从十层走了下来。隔天把父亲送回了家，还嘱咐他不要再干活了，我养得起他。

估摸着父亲的药快吃完时，我又买了些送回去。母亲和我闲聊时问："听你爸说，医院的楼有天那么高，还有电梯哩？"我笑着答："哪儿有天那么高，不过15层而已。"母亲问："那15层也够高的，坐电梯上去得花多少钱？"我答："不花钱。"母亲很惊讶："那你爸说坐电梯是要交钱的，他只坐了一层就找了个理由下来了，硬撑着和你一层一层爬上去的。"

霎时，我心痛得泪如涌泉。

◀ 父亲的信仰

　　父亲一直珍藏着一本破旧的"菜谱"，而且一旦有不顺心的事情他就会把菜谱拿出来很小心地摸索几下，像摸索一件宝贝一样。任母亲怎么问他，他都不肯说出"菜谱"的由来。终于有一天，母亲看着父亲拿着"菜谱"多情地摸索，耐不住性子了，从父亲手里夺过那本"菜谱"说："这本'菜谱'背后一定有一位美丽的姑娘对不对？我今天就是要听你说说这个姑娘有多迷人，会让你如此迷恋，你不说，我就给你撕掉这本书。"

　　看着母亲真的是一副视死如归的架势，父亲也撑不下去了，开始讲述"菜谱"背后的故事，不过父亲说，那是一段他不堪回首的过去。

　　那一年我二十岁，在村里是一个人人唾骂的"懒汉流氓"，父母拿我没办法，只好放任自流。为了到外面的花花世界去混，我索性跟着村里一个小学同学到建筑工地上打工。可我哪儿能干了那么重的体力活，打三天鱼晒两天网的。有一天，工头的干弟弟找到了我，要我替工头办一件事，说如果办成了，我可以天天不上班，工资一分不少拿，如果办不成，我就得滚蛋。原来，在工地上做饭的姑娘小菊有个漂亮的妹妹在城里读高中，工头见过一两次，看上了，要包养她，让我想办法办成这件好事。当时我很为难，工头干弟弟说，对我来说这是件很容易的事，只要把小菊搞定了，这好事就好办了。我一想，明白了他的意思。在工地上，小菊还有个绰号叫傻菊，说她傻不是因为别的，是因为工地上谁给她钱她就会跟谁睡觉，工地上的人几乎都跟她睡过，唯独我没有，我虽然被称"懒汉流氓"，却讨厌这样随便的姑娘，傻菊偏偏老往我的跟前凑，我想摆脱都摆脱不了。遇到现在这样的事情，我也不用摆脱了，于是我想尽办法应付她，既不让她碰我又让她对我迷恋，我还给了她一个冠冕堂皇的理由，说她是我最美好的，这种美好一定要保留在我们的新婚之夜。从此，傻菊对我更加关心，还把她的钱拿出来给我花，她还说要给我钱让我去学厨师，将来要我开一个大饭店，她要当老板娘。在那段时间，我了解了她的一些情况，她的父母已经不在这个世上了，她就妹妹这么一个亲人。看着正是火候，我趁机说出了包工头想包养她妹妹的事情。没想到傻菊一听到这话给我急了，还骂我缺德。本来我为这件事已经恶心够了，要不是为了钱我才不干呢，她急我也急，我骂她不知好歹。她说，谁打她妹妹的主意都不行，不信可以试试，她会杀人的。最后我也泄气了，我说我们都完了，可能都得滚蛋。她说滚就滚，这样肮脏的地方她也待不下去了，当时我觉得她这句话很有讽刺意义。没想到，第二天，傻菊真的走了，看门的老头送给我一个纸包，说是傻菊给我留下的。我打开纸包，里面是一本"菜谱"，本里还夹着一张字条。

母亲听到这里，迅速地翻着书，果然，一张字条出现在母亲面前，母亲却很清晰地读出了声：我走了，我不恨你，但我有一句话要告诉你，我是和很多男人睡过觉，我是为了供我妹妹读书，我的心灵的美好的，而你，为了钱可以出卖自己的人格，你是个没有尊严的人。我真心希望以后你能靠自己的劳动去创造财富，而不是去欺骗，去做一些肮脏的交易。这本菜谱留给你，希望你看到她能想起我这个傻姑娘，能想起我对你说过的话。"

父亲说，这个字条带给他很大的震撼，让他惭愧得无地自容。从此后，他努力打工，挣了钱后去学了厨师，一步步才走到今天，开了咱们家这个大饭店。但是现在这个社会有着太多太多的诱惑，每当他被那些不正当的诱惑扰乱了思维时，他便拿出那本"菜谱"看看，因为那里是一片净地，是他修身的地方，是他一生的信仰。

◀ 希望就在你的身上

　　去年夏日的一天，我突然接到市医院的电话，说是我的侄女出车祸了。我一时很纳闷，我的老家离这儿有上千里，两个侄女都在乡下上学呢，怎么会在这里出车祸呢？但是既然医院把电话打到我这儿，我就在家待不住了，立刻到了医院。到了医院才搞清楚，原来出车祸的是我老家一个叫玉珍的姑娘，论辈分她还真管我叫姑姑。弄清了身份，我赶紧给她交了住院费，还好，她的腿只是被撞得看起来血肉模糊，骨头没有事，已经包扎好。

　　我问玉珍为什么跑到这里来了？她哭了，她说她娘非让她给她哥换亲，那个男人是个罗锅，她不愿意，就偷跑出来了。她是出来找我的，她想让我帮她找个工作，谁知刚下火车还没来得及给我打电话就被一辆车撞成这样子。原来是这样，既然孩子是投奔我来的，我当然得管。我问玉珍要不要给老家打个电话或者是写封信告诉她们她的事情，她竟然不顾腿痛从病床上下来给我跪下了，她说，姑姑，我求你了，给我找个活干，再苦再累我都不怕，别让我回去，以后我挣了钱就还你住院费。这种情况下，我只好先答应她找份事做。

说真话，为玉珍的事我还真发愁了，她大字不识一个，长得也不起眼，还罗圈腿，她能做什么呢。玉珍好了后我给她找了个人家当保姆，照顾一位老太太，可是一个星期不人家就叫她回来了，因为她不识字，老太太每顿都要定时定量定营养，这是没上过学的玉珍根本就胜任不了的。玉珍觉得挺委屈，说她已经很卖力气了，一刻也不闲着。我知道玉珍已经尽力了，但是城市里不适合她，她又不肯走，怎么办？只好先留在自己家里做家务。

那天，我的一个摄影记者朋友拿着相机来我家让我看她拍的参赛照，当她进门看到玉珍时，像发现了新大陆，也不说让我看她的参赛照片了，非得给玉珍拍几张照片，玉珍一听说拍照片高兴坏了，特别配合，还自创了很多我看起来很别扭的姿势，朋友一点也不介意，只是不停地拍着。我无论如何想不到朋友拍的这些照片竟然获了全国摄影比赛一等奖，还得了一万元的奖金。他兴奋给我们家的每个人都买了礼物，当然还有玉珍的，玉珍看着朋友给她买的衣服，激动得都哭了。后来，这位记者朋友就经常来我家或者带玉珍出去拍照片，她把玉珍的照片放在了网上，给玉珍起了个网名叫"山里妹子"，照片在网上一放，"山里妹子"那张纯真无邪的脸，那条粗黑的辫子竟打动了无数的网民，各大网站相互转载。她一时成了网络红人。后来，当地的摄影家协会竟然要高价聘玉珍当他们的模特。

玉珍很快离开了我的家，住进了摄影协会给她租的高级房子，摄影协会还专门请了个家庭老师教她识字。

今年夏天，玉珍把我在医院给她垫付的钱送来了，我说我不要，她流着泪说，姑姑，你要是不要这钱我这辈子都会难过，没有你我就没有今天，我会一辈子都记着你。我只好接过了钱。玉珍还把一部分钱寄回了家，听说，她哥哥已经靠玉珍的钱娶上媳妇了。

其实，生活中还有许许多多像玉珍一样平凡的女孩被世俗冷落，认命的有，自杀的也有，像玉珍这样与命运抗争的人是极少数的，像玉珍这样幸运的人就更少。但是，无论你是怎么的一个人，都请你不要放弃，平凡的你可能在不经意间也会得到玉珍这样天上掉下来的"馅饼"，因为老天是公平的，你这方面的缺陷可能会有那方面的展现，所以，希望就在你的身上，只是当希望来的时候你一定要紧紧抓住，牢牢地握在手里。

◀ 一盏明灯

我在网上找房子，刷到这样一个出租信息：70平单元房，电暖气齐全，租金每月500元。我眼一亮，按上面电话号码拨了过去，刚通我又挂掉了。我想这不可能是真的，这样条件的最少也得每月1200块，这肯定是个陷阱。

料不到，有个电话打进来，是刚打出去那个号码，我证实了自己的想法是对的，骗子不会放过一切行骗的机会，就拒接了。对方又拨了过来。我埋怨自己一时想贪便宜惹了麻烦。不接怕这个电话会一直打下去，反正接电话不花钱，自己不上当就是。

"你是想租房吗？"听声音对方至少五十岁。看来现在连年老人也加入了行骗行列。

我没半点好气："你骗人技术太不高明，这么低的智商还是改改行吧。"

说完像出了一口恶气，心情舒畅多了。

不到一分钟，那个电话又打过来了。倒霉透了，房子租不到，还被骗子缠上了身。既然骗子不怕浪费话费，我就陪他玩儿一下："大叔，直接说吧，看我能不能帮你完成心愿？"

"小伙子，我就想问你一句，为什么平白无故说我是骗子？"

"就凭你在网上发虚假租房信息。"

"我发的信息全是真实的。"

"谁相信呀，你为什么才租500块？"

"我没有骗人，就是诚心想把房子租房子，你可以到我家来看看。"

"行，那你下午五点半在家等我，我过去看看。"

"好，小伙子，我等你，不过我想让你替我办一件事，如果你办好了，我就把房子租给你。"

我认为这是骗子是在变花招，肯定不会是什么好事："说吧，什么事情？"

"我的邻居昨天刚动手术，姓范，现在住人民医院肿瘤科38病房，他是一个老革命，无儿无女，保姆家里有事儿回家了，正好我今天两点多钟也有点急事，你能不能去医院帮我照看一下？"

这事让我意外，如果是真，我愿意做。我想了想回答："如果你说的是真的，我愿意。"

"好好好，小伙子，有你这句话我真高兴，那拜托你了，你就对我的邻居说你是秦叔的一个远房侄子，别的什么也别说。"

我先答应着，至于去不去再做打算。他到底是骗子，还是一个真的房东呢？反正下午也没别的事儿，我还是决定去医院里看看。

两点钟我到了人民医院，直接走到 38 病房，透过病房玻璃我还真看到有一位大叔躺在床上，看样子不像是装的。我直接走到大叔的跟前说："你是范叔吗？我是秦叔的侄子，秦叔下午有事过不来了，让我照看你一下。"

病人笑着招呼我坐在床边的凳子上："你秦叔就是这样，总担心我会有事，保姆不在还有护士呢，还麻烦你过来。"

我顺着他的话说："没什么，反正我下午也没事，范叔你现在需要我干什么，你尽管说。"

"不用你干什么，你来了就好，能陪我说说话我就很高兴了。"范叔说。

我想办法套他的话："范叔，我家在农村，我是最近才到城里来工作的，你能给我说说，秦叔这些年过得怎么样吗？"

范叔突然有了些伤感："你秦叔呀，是个老实人，也不容易，你婶儿死得早，他拉扯儿子又当爹又当娘，受了不了苦。"

我怕露馅不敢插话，只是点头。

"如今他儿子出国了，娶了个外国媳妇，你应该知道，他就要去国外跟儿子享福去了，我真替他高兴。"范叔说着高兴，老泪却流了出来。

我从兜里掏纸巾递给他："看来你和秦叔感情很深。"

范叔点点头："我们做对门大半辈子了，舍不得呀，他这一走，不知道活着还能不能再见上一面？"

我不想让一个病人有这么感伤的情绪，忙打断他："范叔，别哭了，给我讲点秦叔平时的嗜好吧。"

"你秦叔爱喝酒，只要天晚了还没回家，那准是喝多了，我就给他打电话，他要接了就是没事儿，要是电话通了没人接，就是他喝多了，十有八九又睡在了路上，我就去找他，他睡得跟死猪一样。我劝过他少喝点，万一哪天他睡的地方不对了，多危险。他说他就爱这口，喝少了不过瘾。这下好了，他到了儿子那边我就放心了。"

我急于找到答案："你知道秦叔要把房子租出去的事儿不？"

"知道，还说等我出院给他把关呢，你说租个房子把什么关，我知道他这是盼我早点好起来。"

我有些明白秦叔为什么要我来医院看邻居了，只是我还有疑团不便问。总之我知道了，秦叔不是骗子。

按约定时间，我从医院出来直奔秦叔的家。一个六十多岁的男人对我笑容相迎："你是不是要租房的那个小伙子？"

我点头。

"好，我刚打过电话给老范，知道你去照顾过他了，老范还直夸你呢，好，真好，我就把房子租给你。你看，我不是骗子吧，我还怕那些租房的把我给骗了呢，要找一个不三不四的住户，那我就太对不住老范了。"

我有些尴尬，脱口就说："那这房租——"

"房租就按 500，小伙子你要嫌贵，就再少 200，不给也没事儿。"

"不是大叔，我觉得这房租太便宜，要不我再给你涨 200。"

"我可不在乎这几个房租，我在乎的是人品，通过今天这事我就知道你是善良的人。老范他是我的好邻居，就像一盏明灯，一直在为我照路，我要离开他了，也想为他做点什么。你不要告诉老范你是我的租户，就说是我侄子。有一点我想拜托你，每天抽空去看一下老范，他要有事你就帮他一把，要是晚了他不在家你就打个电话问问他在哪儿，他无儿无女的，很可怜。"

　　我最讨厌被人指示着做事，但这次我非常乐意："我一定做到，我发誓。"

　　好邻居就像一盏明灯，我真的在心里发誓，这样的态度绝对不是为了自己占了便宜，而是我也想做一盏这样的明灯。

◀ 乡下有咱老父亲

这是城里一家很有名的发艺店，价格也相当昂贵，来这里做头发的大部分是有钱的小姐和夫人，做一次头发要花上几百甚至上千元，就是理一个寸头也要 20 元，所以很少有人来理短发，尤其男人。

年底的一天傍晚，发艺店窗户上贴着一个 60 岁左右的农民的脸，他的脸沧桑而黝黑，头发凌乱而肮脏。

店主从店里走出来问，大爷，你找人吗？老人尴尬地把脸从窗户上缩回来，不好意思地说，不，我想理发。店主说，这里理发是很贵的，你的头发得需要 20 元。老人笑着说，我知道，我就是想理 20 元的头发。店主做了个请进的姿势说，大爷，那你请进吧。

老人一进屋就引起了全屋子人的不满，那满身的灰泥破衣和他身上散发出来的骚臭味让每一个人都皱起了眉头，那些高贵的女人甚至捂起了鼻子。店主说，小吴，你给大爷洗头，小张，你给大爷理发。小吴小张都噘着嘴不情愿地应着。这时，门外又走进几个顾客，一进屋就被这满屋子的味道熏走了。

　　小吴给老人洗完头，小张三下五下就给老人把头理完了，老人在镜子面前照了照，满意地付了钱往外走，刚走到门口却被店主叫住了。店主说，大爷，你稍等一下，你的胡子太长了，我免费给你刮刮胡子。老人高兴地说，那好呀，那太好了。于是店主请老人重新坐下来，亲自给老人刮起了胡子，店主问老人是不是在外打工的，老人说是，在外干一年了，想精神点回家，不想让家人担心。店主说那我就把你的头发修得再精神点，于是拿起剪刀把他的头发修整了一遍。做完后，店主把老人送出门外，挥手道别，老人走出很远又回头给店主挥手，脸上带着花一样的笑容。

　　店主回到屋里，把小张叫到跟前，问他为什么不好好给大爷理发，有好几个地方根本就不平整。小张不语。店主说，老人虽然很脏很难闻，可他也是人哪，他60多岁了还出来打工，你应该想到他家里的日子多么艰难，一年到头，他没有别的奢求，他只想理个头发精神着回家，让家人放心他在外面的生活。我们的家差不多都在农村，家里谁都有老父亲，可是家里的老父亲谁舍得拿出两块钱去理发店理发呀，头发长了随便找个人用推子推短就很知足了。这位老大爷能拿出20块钱来我们店理发，你想他该下了多大的决心，鼓了多大的勇气，犹豫了多少个晚上呀，你怎么能这样对待一个这样的老人呢，我们乡下的老父亲要知道你这样对待一个老人该是多么的伤心呀。

　　说到这里店主抹起了眼泪，小张抹起了眼泪，屋里所有的人都抹起眼泪。

◂ 绿菊花

....

　　我的邻居是一个拾破烂的老头，脏兮兮的。老头每天都蹬着个破三轮车去街上拾破烂，回到家干什么，没人能够知道。一年三百六十五天，没有人去他家串门，他也不大出去。老头偶尔会来我家的绿菊花园贪婪地看一会儿，那眼神似是要把这些娇娇嫩嫩的花都"吞"到他的眼中。

　　久而久之，我开始反感他的到来，甚至一见到他蹬着三轮车回家，我便把大门关起来。但有时，他还是能在我的不备中钻进我家，用那双脏兮兮的手摸摸这棵，弄弄那棵，还低头去闻一闻。我感到非常气愤，因为这是奶奶一辈子的心血，奶奶在临终前千嘱咐万叮咛要我保护好这些花。一种火山爆发样的心情终于让我无法忍受，我毫不客气地驱逐了他。之后，他再也没有来过，只有经过我家门口时还不时地向里面张皇地望一望。

　　奶奶死后的第五个冬天特别冷，那些花开又花谢后，我给它们施了肥，浇了水，便把自己关在了暖暖的屋里。第二天春天，

最美的化妆

我像刚刚苏醒一般急忙去看我的园子，没有想到它们再也没有醒过来。原以为菊花是特别耐寒的，岂料也会被寒冷夺走生命。我欲哭无泪，心想：九泉之下，奶奶若是知道了该是多么伤心呀！一连几个月，我的脸上都没有一丝笑容。

整整一个春天，再没有看见拾破烂的老头出门，我怀疑他是不是死掉了。我好奇地向他家张望，眼光正好与坐在屋门口晒太阳的他相遇。看到我，他急忙站起身向我走来，他激动地抓起我的手说："孩子，快来，你终于肯见我了。"我无法挣脱，只好随他进了院中，我发现他的院中也是一片死了的菊花。

老头拿来板凳叫我坐下，竟伤感地给我讲起故事来——早年，有一对相爱的男女，男子家里种了许多绿菊花，他们像照顾自己的孩子一样，精心地呵护着那些花，把它们当成爱情的象征。不料有一天，女的被父母逼着嫁给了别人，临嫁前男的就挖了几棵绿菊花送给了女的——老头的声音越来越低，再看他，眼里已经有了湿乎乎的东西。我装作很在意地听着，说了几句无关紧要的话，趁他顺手擦眼泪时想溜掉，谁知竟被他另一只手逮了回来。他说他还有话说。

老头从屋里端出了一盆绿菊花，他说这是唯一的一棵了，是他千辛万苦才救活的。他用手轻轻地摸了一下，又低头闻了闻，然后递给了我。他高兴而又伤感地说，他明天要回老家了，这盆菊花送给我，希望我在不久的将来重新建起一个菊花园。他还拿了几本旧书送给我，他说那些书伴了他几乎一生，带不走就送给我了。我很感动，想起以前自己的态度，我惭愧地向他深深地鞠了一个躬。

我把那颗绿菊花放在了窗前，每天清晨一睁眼，我便可以看到它，我似乎又有了新的希望。

在翻那些旧书的时候，我在书中翻出了一张已经变黄的一寸小照，我仔细地看了看，才认出照片上的人原来就是我奶奶。

◀ 小美好

　　去年夏天，一些难缠的琐事使我极度焦虑，心神不安，不能静心做事。吃了一些药，效果不大，特别是晚上，读不下书，听不下音乐，也睡不着觉。为了消除睡前的恐慌，晚饭后，我会出去走两个小时，专门挑人多的地方走，也去逛一些夜市。

　　有一个晚上，我扎头发的皮筋用完了，就直接朝夜市去了。买了一把皮筋，抬头看见二楼的"城市书房"还亮着灯，就上了二楼。这个书房我经常逛，书店设有二手书专柜，不仅正版，还八九成新，才三点八折，要是运气好，还会淘到绝版的书。这个点书房还亮着灯，可能是新到了一批书需要整理吧。

　　工作人员果然是在整理新到的书籍，是一批二手书。这里的工作人员都认识我，不是营业时间，她们也允许我进去选书。反正是消磨时间，我就慢慢挑选，挑选完，我又帮她们往书柜上摆放，直到书籍全部摆放到位，她们去整理账目，我才付了账，拎着书下了楼。

感觉口渴，却又不想喝那无味的矿泉水，便去了一家鲜饮店要了一杯柠檬水，边走边喝，转到一条小街时喝完了，把杯子扔到一个写有"自习室"门口的垃圾箱。

"阿姨，你等一下。"转头看，一个带有几分稚气的小伙子从"自习室"的门口往我的身边走来。

"有事儿吗孩子？"

"阿姨，你能帮我一个忙吗？"

"说吧，遇到什么难事儿了，能帮我一定帮你。"

我尽可能表现出一个长辈的慈爱和关心，只见小伙子到裤兜里去掏什么东西，递到跟前时我才看清是一张十元的票子。

"阿姨，那儿有个卖菜的爷爷，你帮我去买十块钱的菜好吗，买什么菜都行，"小伙子伸手向西南方向指去，"菜你不用给我，你拿回去吃就行。"

顺着小伙子指的方向，我确实看到西南角的路灯下有一人一三轮车停在那里。这也不奇怪，常有一些菜商选择晚上在街口卖菜，那些下班晚的人路过时会捎上一些。

"你为什么不能自己去买？"

"我，我，那是我爷爷，"小伙子磕巴着，"我看了半天也没看到一个买他菜的，要买不动，他又该上火了。"

我瞬间明白，这个大孙子在心疼爷爷，"那你怎么不多买点？"

"我，我只有十块钱。"

灯光不是太亮，但我知道他一定憋红了脸。

"你在这里学习吗？"

"是的，我要考研，家里不安静，我妈，我妈她精神不太正常，所以，所以爷爷让我来这儿学习。"

这个爷爷，又是多么的疼爱他的大孙子。

"钱你收着，我去买你爷爷的菜，我家里正缺菜。"

"这——"

我径直朝西南角走去，三轮车上放着十几根黄瓜，十来个茄子，一把韭菜，还有一小堆土豆，只是不太有卖相。

"大爷，自家种的菜吧？"

"是自家种的，"大爷讨好的笑容显得很紧绷，"稍点回去吧，保证没打过一丁点的药。"

"行，我就爱吃自家种的菜，健康无污染，我全要了，你装起来称吧。"

大爷的笑容马上生动起来，他装着菜，我跟他唠着嗑。

"大爷，一看你就是一副福相，一定儿孙满堂了吧。"

"是啊，我有一个孙子两个孙女。"

"真好，以后有你的福享了。"

"我享福不享福的，他们享福就是我的福。"

"是啊。"

装好了，也称好了，总共三十二块，我给了他五十，让他别找了，大爷说什么都不行，不让找就不卖给我了，最后他找给了我二十，还少要了两块。

"你家在哪个方向，我骑三轮给你送回去。"

"我家就在桥的前面。"

“那正顺路，我送你，把东西放上来，你也上车吧。”

“我不能上大爷，你蹬着往前走，我往后边跟着跑，反正我就是出来跑步的。”

“那行吧。”

我把东西放上去，大爷笑着上车骑在前面，大概有意慢骑，我跟着慢跑，走到对面，大爷朝“自习室”的方向望去，我看到一个身影闪身进了屋。

“我孙子就在那个自习室里学习呢，他要考研究生了，我的两个孙女一个上大二，一个上高三。”

“真好。”

“是啊，好着呢，他们就是盼头啊。”

大爷开心地笑起来，可他的背影却是那么的苍老和疲惫。

那一夜，我没有吃褪黑素，居然也安稳地睡下了。

◀ 红头绳

　　村里来了一个女教师，十八九岁，长得很漂亮，还扎着两条乌黑的长辫子，走起路来一甩一甩的。

　　女教师就这样甩着辫子走进了五年级的教室，拿起粉笔在黑板上写了一个"边"字，然后说，我姓边，以后就是你们的班主任。希望你们能听我的话，好好学习。说着，她拿起耷拉在胸前的一条辫子一抡，辫子就到了背上。她这一抡，小春的心也跟着哆嗦了一下，边老师的辫子真好看，小春想。

　　放学回家，小春来到自家的小卖部里。小春一眼便望见了那扎眼的红头绳，他溜了进去，从一小撮里抽出两条，团了团，装进兜里。第二天，小春早早地来到学校，他看见边老师正在洗脸，两条辫子垂在水盆里，摇摇摆摆，小春的心也跟着摇摆起来。他走到边老师跟前说："边老师，给你两条红头绳扎辫子吧，一定会很好看的。"

　　"从哪儿弄来的？"边老师问。

"从自家的小卖部拿的。"小春答。

"要钱不？"

"不要。"

上课了，边老师果然扎着小春给的两条红头绳。小春高兴地望着她，她也冲小春笑了一下。小春觉得边老师扎上红头绳太美了，他真想摸一下那长辫子。

边老师一直扎着那两条红头绳，一进课堂便冲小春笑一下，小春也一直觉得很幸福。忽然有一天，小春发现边老师的红头绳不那么红了，他想，是该换新的了。

放学了，小春又偷偷地从小卖部里抽了两条红头绳。那天晚上，他做了一个梦，他梦见边老师扎着他手中的红头绳和他一起飞了起来，越飞越高，两条辫子在空中飘呀飘呀，他伸手要摸，但怎么也摸不着

天终于亮了，小春又早早地来到学校，院子里空无一人。他走近边老师的房间，门反锁着，他从门缝里往里望，一下子惊呆了：一个男人正搂着边老师，手还摸索着边老师的辫子。小春的心陡然像针戳似的疼了一下，他一跺脚，门开了，边老师走了出来，涨红着脸："你在这里做什么？"

"不做什么。"

"快回家吧，现在还早，离上课还有两个多钟头。"

小春手里紧紧攥着两条红头绳，撒腿跑了。

上课铃响了，边老师春光满面地进来了，头发瀑布般地披在肩上，脑后别着一个崭新的蝴蝶结。小春还发现，这一次，边老

师没冲他笑。这一堂课边老师讲的啥，小春全然不知。

放学后，小春还发现边老师和那个男人骑上自行车上街了，他们离得那么近，笑得那么开心。边老师的头发依然瀑布般地披在肩上，后面也依然别着那个崭新的蝴蝶结。

小春三步两步跑到路旁，把那两条鲜红的头绳团了团，扔进了粪坑里。

◀ 我欠朋友一条命

　　小的时候，我家穷得要命，母亲就是在生下我之后被饥寒夺去了生命。父亲说，母亲在临死前把一身的破衣衫都脱下裹在了我弱小的身上，她是赤裸裸被埋掉的。可能是我的命大，竟然在父亲东借一口奶西借一口饭中活了下来。

　　我长到七八岁的时候，和我差不多的孩子们都上学去了，父亲总是搂着单薄的我说，孩子，再等等，等爹攒够了钱就送你上学去。说着，豆大的泪珠就从父亲的眼里滚了出来。

　　那年冬天，父亲无意中在山上捉回一只漂亮的小鸟，用绳子拴了腿让我玩儿，我看它可怜，就把绳子解了，让父亲做了一个小笼子把它放在了里面。可是小鸟并不理解我的心，不吃也不动，眼看就要死掉了。我急了，跪在鸟笼旁求它活下来，求它和我做朋友。也许这只小鸟很有灵性，听我说完，叽叽叫了几声，站起来开始吃东西了。

　　有了这只小鸟，我快乐极了。没事的时候，我总把我想说的话一点一滴地讲给它听，听到伤心处，它低头陪我伤心；听到高

最
美
的
化
妆

兴处，它拍翅膀高兴地叫。再后来，我就把它从笼子里放了出来。就在这时，我生病了，脸黄黄的，站也站不稳，医生说我是缺少营养，必须得补一补，要不后果不堪设想。可那时父亲哪有钱给我买补品呀，一日三餐，我俩能不饿肚子就不错了。父亲紧皱眉头，不住地叹气。突然，他看到了守在我身边的那只小鸟，他像是看到了希望。我被父亲那种邪恶的目光吓坏了，我求父亲千万不要伤害它，我不可以没有它。父亲久久地望着我，努力地点了点头，我才敢放心地睡去。

醒来后，父亲说那只小鸟死了，是老鼠咬死的，他用这只小鸟给我煮了一碗汤，让我喝了吧。我只管哭，父亲也陪着我哭，哭够了，我端起碗，闭上眼睛，真的把那一大碗小鸟汤喝了。也神了，从那一天起，我身体渐渐好起来，父亲的活也干得顺利多了。第二年，我背起书包上学了。

一晃那些艰难的日子已经远去，父亲也已经老了。我把父亲接到了城里和我一起生活，怕他寂寞，我就给他买了两只可爱的小鹦鹉。我们一家人常常被父亲训练的小鹦鹉逗得开怀大笑。可是有一天，父亲笑着笑着突然哭起来，我们急忙问他怎么了？半天，他才伤感地说，他做梦也不会想到会过上这天堂般的日子，可有一件事他一直感到很内疚，我童年的那只小鸟是他害死的，可他并不想伤害我。我说我知道，就是因为你爱我才害死那只小鸟，如果没有那碗小鸟汤，我可能活不到现在。父亲说，那倒是，就提起笼子上街遛鸟去了。

望着父亲远去的背影，我眼里涌出一股辛酸的泪水。

◀ 出 身
·····················

　　"妈妈，你比浩然的妈妈长得还要漂亮，为什么爸爸就没有汽车？

　　下班去幼儿园接儿子时，儿子突然问我这个让人摸不着头脑的问题。我不知道，这漂亮跟汽车有什么关系？问了半天，绕了半天才弄明白了到底是怎么一回事。原来今天下午儿子和浩然一起玩儿的时候，浩然在儿子面前炫耀他爸爸的汽车有多气派，坐着有多舒服。儿子问浩然他们家为什么有汽车？浩然回答，因为妈妈漂亮所以爸爸才买汽车。面对儿子的质问，心里的酸楚不由而生。

　　我和浩然的妈妈是高中时候的同班同学，浩然的妈妈叫姜丽，长相不太出众，可她的父母是政府机关的两个官，而我的父母只是乡下的农民。父母为了让我上大学，把家里的一头才100多斤的小猪都卖了。高中时，我在班里一直在前三名，而姜丽连个中流都属不上，可是老师同学都非常喜欢她，只要她一到学校就会有好多人夸她漂亮，夸她穿的衣服好看。而我却只能穿着有补丁的衣服默默地坐在角落里羡慕地望着；姜丽每天上学时都会带着很多好吃的零食，她经常分给同学们吃，可我一次都没有得到过她的"赏赐"，我知道，她看不起我，所以我很不喜欢她。毕业后，我如愿考上了省里的重点大学，也不知道怎么搞的，姜丽也鬼使神差地和我上了同一所大学，但我很清楚姜丽的分数，她根本就没有考上这所大学，我想，这应该是权势的作用。在大学里，我刻苦学习，虽然生活很苦，可是进了这所门前途必定有了希望。毕业后，我分到市里的电视报社做编辑，我觉得对我来说这已经足够。然而姜丽却沿着父母给她垒起来的阶梯进了市委大院，而且不久就和做市委书记秘书的周涛结了婚。姜丽结婚的时候还通知了我，我是带着在一所中学里当老师的男朋友一起去的。看着那盛大的场面和朋友们出的礼金，我和男朋友只好偷偷地溜出来从银行里把我仅有的 300 块钱拿了去，为此，男朋友管了我一个月的伙食。我也曾幻想着找一个有钱有势的人家，可是那些公子哥一听说我的出身连谈都不和我谈。我和这个老师男友结婚时极其简单，租了一个小单元房子，买了几件用得着的家具，日子过得省俭了又省俭，一直到去年才买了一套 60 平方米的二手房。

人比人气死人，在工作上我是勤奋了再勤奋，我编的东西曾经被大江南北的刊物转载了许多，可是在单位里我还是显得那么平凡，而姜丽悠闲的工作却年年被评为市里十大杰出女青年，看着电视上她傲慢的姿态，我真有点气不过。有时，姜丽在电视上出现，同事们会赞叹地说："真羡慕你有这样的同学，我要是有个这样的同学就好了，以后办什么事都好办了。"我苦笑一下，不再说什么。其实我真为一件事找过她，就是那次办职称的事，可是到了市委门口才想起来没有带身份证，和门卫说我是姜丽的同学我也没能进去，索性就没有再去，认命吧，自己的门槛低，就低着头走吧，何必呢。如今，我的儿子又和姜丽的儿子在一个班上学了，以后的路上，他们也许会像我和姜丽一样一路走，真担心这一路上儿子都会为爸爸不能拥有汽车而苦恼，那也没办法，谁让你们的出身不同呢。

◀ 父 亲

　　我的家在太行深处，叫柳柳沟。家乡有山有水，但山不青水也不秀，我就一直长在这里，直到我 23 岁离开这里到了珠海，我才知道外面还有另外一个世界。我的父亲叫老喝，这样叫是因为他好喝酒；至于他的真名叫什么，连我都不知道。那时，我更不知道为什么父亲会在我 10 岁的时候突然丢下我们带着别的女人离家出走。父亲再也没有回来过，但他会定期寄些钱回来，地址写的模糊不清。母亲也没有去找父亲的意思，她总是说强扭的瓜不甜，我庆幸她明白了这个道理。

　　在我离开家乡之前，我一直都挺恨我的父亲。父亲在村里当了十多年的村干部，好吃懒做，成天不着家，把家里的重担都压在娇小的母亲身上，从小，我就生长在母亲的眼泪中。母亲说，她在医院生我的时候父亲正在和那个我喊过婶儿的女人玉萍寻欢作乐。至于父亲和玉萍的事情我早就听大人们背后议论过，可那时我还小，什么也不懂，母亲让我叫她狐狸精我就叫，但玉萍婶从来没有生过气，有时候她还拿好吃的给我吃。

　　父亲离家出走时母亲已经生了姐姐和我，姐姐憨憨的，是个实心眼，所以母亲比较喜欢我，我最知道疼母亲。

　　姐姐出嫁那年，我上完了乡里的初中。那时我就非要跟村里的年轻人一起到外面打工，可是母亲说什么也不同意，把家里的老母猪卖了也让我去城里上学，说是让我一定要考上大学给她争口气。可是母亲三年的劳累我的苦读，她的愿望并没有实现，我还是背起简单的行李和村里的人一起离开了穷苦的家。

　　到外面我跟着村里的人一起干苦力，晚上和他们一起打扑克开玩笑，可我的心却和他们不一样，我想我一定要出息，一定要为母亲争气。

　　那天晚上我独自出去溜达，忽然见一群小流氓打一个十多岁的小男孩，心里顿时起了打抱不平的心，于是冲上去大声喊了一声住手，那群人一见我马上就跑了。我把鲜血直流的小男孩拉起来还把他送回了家，小男孩的妈妈感动得不行，忙给我拿来了饮料。在喝饮料的同时，我觉得这个女人特别面熟，她也直个看着我。她虽然打扮得妖妖冶冶，但我注意到她嘴角长的那颗特殊的志时，我突然想起了一个人，父亲带走的那个玉萍婶儿。这时她也开始问我是哪里人？我说了，而且还把我的名字告诉了她。霎时，她的脸变了颜色，然后什么也不说就趴在桌子上大哭起来。我明白了她就是玉萍婶，我的心里不知道是恨还是悲，那一夜，我没有回家。

　　玉萍婶告诉我，我的父亲已经在三年前得病死了，我不信，

最美的化妆

她就把父亲的骨灰盒拿了出来，她给我从头到尾讲了一遍她和我父亲的事。

她和我父亲是在6岁时认识的，那时我奶奶带着父亲去她村里串亲戚，认识了住在我们亲戚隔壁的她。后来他们经常在一起玩儿，大点了又在一起上学，是两小无猜的一对，可是我的爷爷却不答应他们的事情，硬是让父亲娶了我的母亲。玉萍婶为了父亲嫁给了离我们家很近的京子叔，可是京子叔却出了意外，父亲看她可怜就经常去照顾她，心中的情感当然也就再次燃烧，她也不会想到我的父亲会带着她什么都不顾地跑出来。她说，其实她也不想这样做，可那时为了爱情也没考虑太多，出来的日子并不好过，我的父亲每天在大街上捡破烂来维持生活，终于有一天他被一辆车压住了，之后，再也没有起来。

我问她那这三年是你一直给家里寄钱吗？她苦笑了一下说，她对不起我们，她只是想补偿一点。

我知道我已经恨不起父亲和玉萍婶了，但是我一直没有把这件事情告诉母亲，包括我父亲已经死了。

◀ 穷　人

　　秀丽是个穷人家的小女孩，她八岁的时候父母都病死了，小秀丽只好可怜地到处讨饭吃。后来，有一个好心人看她可怜就收养了她。

　　收养秀丽的好心人其实家里也很穷，他们也有一个和秀丽同样大的儿子，他们是靠捡破烂来维持生活的，可他们却用金子般的心收养了秀丽，还用手里仅有的一点钱为她买了一身漂亮的衣服，把她送到学校里读书。小秀丽在这里享受到了亲情的快乐。

　　时光飞快，一转眼小秀丽已经长到了 18 岁，18 岁的秀丽天生丽质聪明能干，人见人爱，多少大男孩都为她倾心，可是她却不动心，因为她心里已经有了人，那就是和她一起长大的哥哥阿伟。阿伟长得虽然不太英俊，却身材魁梧结结实实，对她也非常好。阿伟为了秀丽在家里不寂寞，不惜辛辛苦苦才赚下的钱，专门让别人从城里给秀丽捎回来一台电视机。

　　电视上有许多好看的东西，有高楼大厦，有俊男靓女。有一天秀丽看着电视突然哭起来，阿伟吓得赶紧问她怎么了？秀丽说觉得自己活得很可怜，很枯燥，她一定要到外面的世界去看看。看到秀丽坚决的样子，阿伟没有阻拦，他是那么爱她，他不想让自己爱的人不快乐。阿伟把家里所有的钱拿出来给了秀丽，让她去看外面的世界。

外面的世界真的好精彩，秀丽一下子就迷上了，不想再回去了。她一路南下到了深圳。在劳务市场上，一个老板看上了她的年轻美貌，把她带回了自己的公司。开始秀丽只是在办公室打扫打扫卫生，后来老板又看上了她的聪慧可人之处，让她学了三个月的电脑。当秀丽坐在办公室里用一双灵巧的小手敲击着键盘时，老板一双有力的胳膊搭在了她的肩上，她想拒绝，不知为什么又镇静了下来。不久，秀丽写了一封信给家里，说她不回去了，要在外边工作。

秀丽很快变成了一个地道的城里人，每天穿梭在城市的人群中，她无比高兴。偏偏这时，麻烦来了，秀丽总感觉到吃东西的时候有一股气流在阻挡食物下咽，到医院一检查，食道里竟然长了一个叫不上名字来的东西。她觉得天旋地转，背着老板开始偷偷地治疗。三个月过去了，秀丽不但没好，小东西却长大了，秀丽感觉到了末日的来临。钱花光了，老板也知道了她的病，不再给她好脸色。她绝望了，痛痛快快哭了一场之后，她想起了自己的家，她把仅有的一点钱拿出来买了一张回家的车票。

秀丽回到家时脸色苍白弱不禁风，家里人见她这样赶紧把她扶进了屋，问她怎么了？她流着泪说了自己的病。母亲听了抱着她哭得一塌糊涂，父亲已经去为她做荷包蛋了，一家人一点都没有为她的病而嫌弃她。阿伟的新媳妇对她还像亲姐姐一样，让秀丽感动不已。她走到秀丽的面前说："妹妹，你别伤心，我爹有一种土办法治好了许多食道的咽症，不如试一试。"秀丽摇了摇头说："没有用的，大城市里的大医院都治不了。"阿伟和新媳妇不死心，他们说反正都这样了，不如试试。秀丽答应了。

治病的方法其实很简单，就是用一点配好的药放在手背食指和拇指的中间，然后用布包起来，过一天后，放药处就会起个像烫伤一样的泡泡，水泡好了病也就好了。秀丽对这种方法根本就不抱任何希望。料不到的是，一个月后，秀丽感到食道里的气流变小了，三个月后已经感觉不到了。一切恢复正常，秀丽的脸色红润起来。

病好了之后，秀丽又到了深圳，那家公司的老板重新接纳了她。不久，她们就结婚了。婚后，秀丽没有感觉到幸福，尽管什么都有了，她还是感觉到内心非常的空虚。一年后，她离婚了，又过一年，她又嫁给了一个生意人，但她还是得不到幸福。她内心充满着矛盾，她觉得活着毫无意义。在一个很深很深的夜里，她走到了江边，眼睛一闭跳了进去。

人的一生可能就是这样，任何一种事情都有可能转变，比如秀丽的贫穷，比如秀丽的病，可是幸福却不是随便能拥有的，你无法从你不喜欢的人身上得到幸福。

◀ 要饭的马胖胖

东东家新开了一个饭店，每天客人吃剩下的东西都会倒进门口的大泔水桶里，晚上会有人拉走喂猪。

那天东东在饭店的门口玩儿球，有一个穿得特别破烂的瘦孩子过来讨好似的说："你叫东东，我认识你，我们在一个学校上学。"

东东很鄙夷地说："我不认识你，臭猴儿，快离我远点。"东东妈妈批评了东东几句，然后问这孩子："屋里有客人没吃多少的饭菜，你要不要？"

这孩子讨好东东正是想得到些饭菜，他兴奋地说："要，我要。"东东说了句"原来是个臭要饭的"，然后又不在意地玩儿了起来。

东东妈妈正要打包，这个孩子突然说："阿姨，你把肉菜和素菜给我分开装好吗，我不喜欢吃肉。"东东妈妈笑着说："怎么不喜欢吃肉呢，应该吃点肉，看你瘦的。"东东却笑着说："我从小就不喜欢吃肉。"

东东妈妈按他的要求装上，对这个孩子说："如果你需要，以后可以天天来。"这个孩子高兴地掂着饭菜活蹦乱跳地走了。

果然，第二天这个孩子又来了，东东妈妈又把肉和菜给他分开装了。之后，这个孩子天天来。东东和妈妈知道了他叫马胖胖，还知道了他是个没妈的孩子，爸爸也有着重病。东东妈妈可怜马胖胖，东东却觉得马胖胖跟自己一点关系都没有，只是一个臭要饭的。

有那么一天，马胖胖突然没有来，第二天，他又没有来，一直好多天都没有来。东东的妈妈有些担心，问东东："马胖胖不是和你在一个学校吗，你在学校里打问一下他怎么了？"

东东却没有去问，他才不在乎一个臭要饭的呢。

那天，东东妈妈正坐在门口等顾客，一个穿戴干净时尚的孩子拉着一个大人来到她跟前喊："阿姨，我要吃饭。"

东东妈妈仔细一看，原来是马胖胖，惊喜得不得了，赶紧说："你怎么突然就变成这个样子了，阿姨都认不出你来了。"马胖胖自豪地介绍身边的这个大人："他是我失踪多年的亲大伯，台湾的，很有钱，我以后再也不用要饭了，我爸爸的病也有钱治了。"

东东这时也跑过来听到了马胖胖给妈妈说的话，他很不相信地问："他真是你亲大伯，你以后再也不用要饭了？"

马胖胖笑着说："当然了，今天我大伯请吃饭，吃花钱的，新鲜的，让我随便点，我要点好多好多的肉。"

东东妈妈为马胖胖遇到这样幸运的事感到非常高兴，但又不解地问："孩子，你不是说从小就不喜欢吃肉吗？"

马胖胖说："那是我不敢吃，我怕吃胖了你就不会再可怜我了。"

顿时，东东妈妈鼻子一酸，眼里流下了泪。她擦着泪对东东说："东东，你要是有马胖胖这么懂事就好了。"

东东的脸突然通红起来，此时，他觉得自己真的不如马胖胖。

◂ 小房子大房子

刚上火车那会儿，兄妹俩吹着空调的凉风惬意地玩儿着挑花绳，后来妹妹躺在妈妈怀里，哥哥靠在妈妈肩上睡着了。

为赶火车，他们起床太早了，天蒙蒙亮他们就坐上了汽车。这时妈妈也很疲倦，只是她一直注意着他们的行李。

现在兄妹俩都醒了。妹妹先醒，她抬起头来问："妈妈，咱们的新家真有空调吗？"

她一问，哥哥也醒了，他抢着回答："爸爸不是说过了吗，咱们家每个屋都有空调。"

"爸爸还说咱们俩的床是个小楼，"妹妹向往地说，"我忘了问是个什么颜色的小楼。"

"我喜欢蓝色，蓝色像大海。"哥哥说。

"我喜欢粉色，粉色像花朵。"妹妹说。

兄妹俩谈论着新家忘记了时间的存在，不知不觉中已经到站了。

出站口，爸爸穿蓝色工作服朝他们招着手叫着兄妹俩的名字，之后一家人坐着爸爸开来的面包车回到了他们期盼已久的新家。

为了让两个孩子能在城里上学，爸爸努力了多年终于在城里买下了房子。开学后儿子上六年级，女儿上学前班，这正是接受教育的好时候。房是二手房，可该有的都有，都是原主人留下的，所以他们只带了必需的东西来。

一进家门，凉气就弥漫了他们的全身。"开着空调呢？"妈妈问。

"是的，接你们去时就开了，我不想让你们热着。"

"多费电啊。"

"没事，我努努力电费就挣回来了。"

兄妹俩迫不及待地跑去看小楼床了，他们笑着闹着：上来下去，下去上来……

妈妈先看厨房又看卫生间，都那么整洁。"怎么不等我来了再收拾？"她眼里滑下感动的泪水。

"你带两个孩子不容易，"爸爸用粗糙的手擦去妈妈的泪水说，"我不想让你那么辛苦。"

"你在外更不容易，你比我更辛苦。"

"就是房子太小才50多平，以后我会更努力，给你们换个大的。"

此时哥哥从屋里跑了出来，听到了爸爸的话。

"老爸老妈，我给你们造个句吧。"

"造什么句？"爸爸妈妈异口同声地问。

"我们的房子很小，才50多平，我们的房子又很大，因为它装满了我们一家人的笑声。"

刚被爸爸擦干的妈妈的眼里，又滑下了一串一串幸福的泪水。